반생학사

소유현 신무협 장편소설

ORIENTAL FANTASY STORY & ADVENTURE

dream
books
드림북스

반생학사 5

초판 1쇄 인쇄 2016년 1월 25일
초판 1쇄 발행 2016년 2월 5일

지은이 소유현
발행인 오영배
책임편집 편집부
제작 조하늬
일러스트 최단비

펴낸곳 (주)삼양출판사 · 드림북스
주소 서울시 강북구 도봉로 173
대표 전화 02-980-2112 팩스 02-983-0660
출판등록 1999년 3월 11일 제9-00046호

ⓒ 소유현, 2016

ISBN 979-11-313-0350-4 (04810) / 979-11-313-0345-0 (세트)

드림북스는 (주)삼양출판사의 판타지 · 무협 문학 브랜드입니다.

반생학사

5

소유현 신무협 장편소설

ORIENTAL FANTASY STORY & ADVENTURE

dream books
드림북스

목차

第一章

나서다

　처음 정범을 보았을 때, 겁에 질려 몸을 숨기고 있던 마을 사람들은 이제 그를 영웅 취급 하였다.

　"대협 덕분에 살았습니다. 만약 그 식량마저 뺏겼다면 우리 중 반 이상은 굶주려 죽었을 겁니다."

　눈물로 볼가를 적신 주름이 자글자글한 촌장의 말에 정범의 입가로 쓴웃음이 흘렀다.

　'단지 검을 차고 있다는 이유만으로 이들에게 위협을 주었다. 그리도 작은 도움을 준 것만으로 대협이 되었구나.'

　힘없는 양민의 삶이란 모두 그런 것일까?

　해왕문이 비록 과격한 행동을 보이긴 했지만 사도가 아

닌 정도 문파다. 그런 그들이 일대의 패주(霸主)를 자처하고 있거늘, 평범한 양민들은 검을 찬 무인들을 보고 두려워한다. 집 안에 몸을 숨긴 채 모습을 나타내는 것조차 부담스럽게 느끼고 있었다. 하지만 작은 도움에 그들의 태도가 모두 뒤바뀌었다. 그들은 보잘것없는 성의라고 하였으나 그들은 정범을 위해 집을 내주었고, 음식을 나누어 주었다.

당장 가진 바 몇 없는 정범의 입장에서는 오히려 마을 사람들에게 큰 은혜를 입은 셈이었다.

"아닙니다. 오히려 제가 더 큰 은혜를 받고 있는걸요. 한데, 혹시 해왕문 말고도 마을에 위협이 따로 있는 겁니까?"

사실 질문을 하였지만, 어느 정도 확신을 가지고 있는 채였다.

'아무리 생각해도 이상해.'

나름대로 정도 문파라고 행동에 주의를 하고 있는 해왕문도 때문에, 집 안에 몸을 숨긴 채 얼굴도 내밀지 못한다는 것은 과도한 반응이었다. 물론 그들에 대한 두려움이 다른 무인들에 대한 공포심으로 번진 것일 수도 있지만, 그렇다면 해왕문도가 도착하였을 때도 고개를 내밀지 못했어야 했다. 하지만 마을 사람들은 모두 해안가를 향했고, 그들과 마주하며 인정(人情)을 베풀어 달라며 발목을 잡았다.

'정녕 해왕문도가 얼굴조차 마주치지 못할 정도로 두려

왔다면 그러지는 못했겠지.'

정범의 곧은 눈을 보며, 처음 그가 마을에 들어섰을 때 모습을 감췄던 당시를 떠올린 촌장이 얼굴을 붉히며 말문을 열었다.

"그게…… 대협께서 오셨을 때 몸을 숨긴 건 그저 소문 때문입니다. 죄송하게 됐습니다. 대협을 알아 뵙지 못하고 결례를 끼쳤습니다그려."

"어떤 소문입니까?"

정범의 눈이 반짝였다.

고작 소문 하나 때문에 마을 사람들 전원이 숨을 죽였다.

범상치 않은 느낌이 드는 것은 당연했다.

"얼마 전부터 주변 마을에 외부 손님이 들르고 나면, 사람들이 하나, 둘씩 사라지고 있다더군요. 그중 몇몇은 시체가 발견되었는데, 무슨 목내이(木乃伊)라도 된 듯 비쩍 마른 채였다고 합니다."

"실종 사건이요?"

아니지, 죽은 사람이 발견되었다고 했으니 이쯤 되면 살인 사건이라고 봐야 한다.

자연스레 정범의 눈이 가늘어졌다.

"하면 해왕문에 도움을 요청하셔야 하는 것 아닙니까?"

본인들이 정도를 주장하고, 주변 어촌에서 밥을 빌어 살고 있다면 그러한 악적으로부터 양민들을 지키는 것이 바로 해왕문이 해야만 할 일이다. 권리만 찾고, 해야 할 일은 하지 않는다면 누가 있어 해왕문에게 힘들게 잡은 해산물을 나눠 주려 할 것인가?

"그게…… 아무래도 이번 해는 워낙 소득이 적다 보니 해왕문에 상납도 제대로 하지 못하고 있어……."

"눈치가 보여 말씀도 못 꺼내신 겁니까?"

"……."

촌장이 은근슬쩍 정범의 시선을 회피했다.

"허어……."

자연스레 정범의 탄식이 길게 내뿜어졌다.

단순히 해왕문만 해결해서 될 문제가 아니다.

생각보다 일은 복잡하게 꼬이고 있었다.

"그, 그저 헛소문일 수도 있습니다. 마을에서 조금 멀리까지 장사를 나가는 만춘이 놈이 업어온 소문인데, 아직까지 우리 마을에서는 없던 사건이기도 하고……."

"촌장님."

"예, 대협."

"단순히 헛소문이라 생각하셨다면 제가 들어왔을 때 그리 몸을 숨기시지는 않았겠지요."

"……."

촌장은 말이 없었다.

옳은 말이다.

마을에서 제법 장사 수완이 있는 만춘은 신의를 가지고 장사를 하는 인물이다. 없는 헛소문은 만들어내지 않으며, 괜한 불안 요소가 될 것 같은 이야기는 꺼내지도 않는다. 결국 촌장과 마을 사람들의 부담감이, 그 위험한 사건을 단순히 헛소문이라는 명목 속에 가둬 버린 것이다.

"죄송합니다."

답답한 마음에, 말을 건네던 정범의 얼굴에 곤혹이 어렸다.

"그런 말씀 들으려고 한 말이 아닙니다. 단지 걱정이 돼서…… 오히려 제가 죄송스럽습니다."

정범의 빠른 사과에, 촌장의 얼굴에도 당황이 어렸다.

작은 어촌이지만 아무래도 타지역과의 거래가 제법 있는 덕에 외부인이 자주 들른다. 개중에는 몇 없지만 무인이라는 이들도 섞여 있기 마련이었다. 하지만 그들 중 정범과 같은 무인은 단 하나도 본 적이 없었다.

'무인이란 검과 명예로 먹고사니, 그야말로 자존심이 하늘을 찌를 수밖에 없는 사람들이라 생각해 왔는데…….'

아닌 말이 아니라, 마을에 들른 무인들 중 자존심이 약했던 이들은 단 한 명도 없었다. 억지로 시비를 걸고, 싸움을 만들지는 않지만 누군가 그들을 자극한다면 참지만은 않는다. 그 문제가 본인과, 문파 등의 자존심과 직접적으로 연결된 문제라면 검을 뽑아드는 것도 예사였다.

당연히 평범한 양민에게 먼저 사과를 하고 나선다는 것은 상상도 못 할 일이었다.

그 아무리 나이 많은 촌장이라고 하더라도 말이다.

"어찌 됐든, 해왕문의 일만 문제는 아니란 거군요."

마을 주변에 정체 모를 살인자가 돌아다니고 있다.

언제 그 살인자가 마을에 닥칠지 모른다는 생각에 자연스레 분위기는 흉흉해져만 가고 있는 상황. 당장 생존을 압박하고 있다는 점에서 두 문제 모두 우습게 여길 수는 없었다.

"혹시 불편하지 않으시다면 제가 나서서 도와드려도 괜찮을까요?"

어느덧 저도 모르게 감탄을 하고 있던 촌장을 향해 작은 탁자를 손가락으로 두드리던 정범이 물었다.

"예? 도와주신다고요?"

"네. 주제넘을 수도 있지만, 못 보았다면 모를까, 이미 알아버린 마당에 못 본 척 지나가기는 마음이 너무 불편하군요."

아무렴, 되다마다.

"감사합니다, 감사합니다. 대협. 오히려 제가 부탁드리고 싶었던 일입니다."

두 눈에 출렁이는 물결과 같은 감탄을 담은 촌장이 정범의 양손을 꼭 잡으며 고개를 조아렸다.

"부탁드리겠습니다. 실상 요즘처럼 살아가기 흉흉한 때가 몇 없었는데, 이리 도와주신다니 그저 감사할 따름입니다."

촌장의 과격한 감사에, 어색한 웃음을 지은 정범이 고개를 주억였다.

"작은 손이라도 힘이 된다면 어떻게든 보태드려야겠지요."

*   *   *

정범이 마을 사람들을 돕고자 했다.

촌장은 곧바로 마을 사람들에게 그러한 사실을 알렸다. 흉흉하기만 하던 마을의 분위기가 단숨에 밝아졌다. 그들에게 있어 정범은 자신들과 같은 사람이 아니었다.

이 지역의 왕이라고 부를 수 있는 해왕문조차 옴짝달싹 못 하게 한 신(神)이다.

정범의 무공과, 그의 의협심에 감명받은 마을 사람들은

정범이 해신(海神)의 후예일지도 모른다는 말도 안 되는 소문을 진실처럼 퍼뜨리고 있었다.

덕분에 정범에 대한 대우도 한층 올라갔다.

비어 있는 집 한 채를 마을 사람 전원이 동원되어 깔끔히 청소하고, 편안한 침상과 탁자가 놓였다.

"대단하지는 않습니다. 단지 머무시는 동안 편히 지내시길 바라는 마음에 준비했으니 부담은 느끼지 않으셨으면 합니다."

"감사합니다."

작은 어촌인지라, 음식을 파는 곳은 있어도 머물 객점 하나 없어 고민하던 정범은 그러한 마을 사람들의 성의를 거절하지 않고 좋게 받아들였다.

누군가의 집에 얹혀살아도 괜찮겠지만, 어찌 보면 그들에게 있어 정범이란 존재 자체가 부담이 될 수 있으니 이편이 더 낫다는 생각도 든 탓이었다.

음식도 어렵지 않게 해결되었다.

마을 사람들은 본래 자신의 몫에서 조금씩 떼어 정범의 식사를 마련했다. 본래 해왕문에게 모두 빼앗겼을지도 모르는 것을 되돌려 받은 셈이니, 아까워하는 사람은 누구도 없었다.

무엇보다 마을의 수호신이나 다름없는 정범이 자리를 지

키고 있다는 것만으로 마음이 든든해지니 아쉬워할 틈이 없는 게 당연했다.

마을 사람들은 마을에 듬직한 방벽이 생긴 것에 든든함만을 느끼고 있을 뿐이었다.

하지만 마을 사람들이 모르는 것이 하나 있었다.

'일단 이 문제를 어찌 해결할지 결정해야겠지.'

정범은 어촌에 오래 머무를 생각이 없었다.

바다를 보러 왔다지만, 언제까지고 바다를 끼고 살 생각은 없다. 그런 상황인 만큼 머릿속은 어떻게든 빠른 시일 내에 원초적인 문제를 해결할 생각으로 가득했다.

'해왕문, 정체 모를 살인자.'

정범은 우선, 현재 어촌을 비롯한 주변 마을에 공통적으로 닥친 공통적인 두 가지 문제점을 떠올렸다.

이중 우선순위를 뽑아야 한다.

'말할 것도 없이, 해왕문 측이야.'

정체 모를 살인자는 말 그대로 누군지조차 모른다.

어떻게 생겨 먹었는지, 어떤 옷을 입는지, 심지어 움직임마저 신출귀몰하다. 이런 이의 흔적을 찾아 쫓는다는 것은 개인으로서는 어려운 일이다. 무엇보다 정범은 추종술에는 그리 자신이 없었다.

반면 해왕문은 드러나 있다.

마을 사람들의 이야기를 듣기로는, 바다로 나가 오십 리(里) 안에 중간 크기의 섬이 있다고 했다.

따로 불리길 해왕도(海王島)라고 하는데, 그 섬이 곧 해왕문이다.

모든 해왕문의 문도는 해왕도 내부에서 살아간다.

마음먹고 찾아가기란 어렵지 않다고 할 수 있었다.

물론 개인이 아닌 단체인 만큼, 잘못 부딪쳤다가는 큰 피해를 불러올 수도 있었다.

'하지만 꼭 해야 해.'

살인자의 문제도, 해왕문 측의 문제가 해결되면 오히려 간단할 수도 있다.

지금은 주변 어촌과 문제가 있다지만, 기본적으로 해왕문은 정도 문파다. 그런 살인자가 자신들의 영역에서 돌아다니고 있다는 사실을 알게 된다면 해왕문이 가만히 있을 리가 없었다.

'문제는 해왕문이 이러한 사실을 알고도 상납을 하지 않았다는 이유로 침묵하고 있을 경우인데…….'

그리 된다면, 더 이상 해왕문은 정도 문파라고 보기 힘들다.

최악의 가정이라 할 수 있는 상황을 떠올린 정범의 눈이 차가운 빛을 흘렸다.

‘그렇다고 해도 내가 이 일에 끼어들 자격이 있을까?’

처음, 어촌 사람들의 일에 끼어들었을 때부터 정범의 머릿속을 어지럽혔던 의문.

모두가 힘든 상황이라면, 정의는 어디에 두어야 할까?

하지만 이는 생각만으로는 알 수 없는 일이었다.

‘일단 직접 봐야 알겠군.’

역시 답은 하나뿐.

이 주야의 숙고 끝에, 집을 박차고 나선 정범이 촌장을 찾았다.

“해왕문에 가보려 합니다.”

어찌 되든, 부딪치기로 결심한 것이다.

*   *   *

해왕문으로 향하는 길은 험하지 않다.

본래 주변 어촌들과 교류가 많은 문파인 만큼, 물길은 어디로도 트여 있는 것이다.

올해 내내 일대 어촌을 괴롭혔던 태풍도 없었다.

맑은 하늘 아래, 정범을 해왕문이 있는 해왕도까지 안내하기로 한 젊은 뱃사공 넷이 노를 잡았다.

“일단 인근까지 모셔다드리는 것은 문제가 아닙니다. 단지 해왕문에서 섬에 들어가는 것을 허락할지는……."

당연한 말이지만, 본래 해왕문은 주변 어촌에 있어 개방적인 문파였다. 그러한 그들이 갑작스럽게 어촌 주민들의 방문을 막기 시작한 것은 주변의 어식장을 모두 집어삼킨 두 번의 태풍이 지나간 이후였다.

유난히 거칠었던 한 해인 만큼, 섬에 위치한 해왕문에도 적지 않은 피해가 있었던 탓이라고 예상은 하지만 최근에 해왕도 내부로 들어간 어촌 주민이 없는 만큼 알 수는 없는 노릇이었다.

"실상, 예측만 그럴싸하지, 해왕문은 멀쩡한 것 같기도 합니다요. 멀리서 보면 방책도 잘 서 있고, 큰 배들도 여전히 잘 끌고 다니니까요."

말을 하면서도, 힘차게 노를 놀리는 손짓을 멈추지 않은 젊은 청년이 정범을 향해 웃는 얼굴로 말했다. 순박하게까지 느껴지는 그 모습에 함께 웃음을 보인 정범이 고개를 주억였다.

"그렇군요. 일단 겉으로 보기에는 아무런 문제가 없다는 건데……."

"예. 뭐 태풍이라고 하여도 강을 뛰어넘고, 하늘을 날아다니는 무인님들을 어찌할 수는 없었나 보지요. 하하!"

청년은 자신의 말이 과장이 아닌, 진실이라 생각하고 있었다.

주변 어촌을 피폐하게 만든 연속된 두 번의 태풍도 무인들의 집합체인 해왕문을 해하지는 못했다.

일반 사람들이 가진 무인에 대한 환상을 생각한다면 이상한 일도 아니었다.

물론 정범의 생각은 전혀 달랐다.

'그럴 리가 없지. 해왕문도 큰 피해를 입은 게 분명해.'

아무리 뛰어난 무인이라고 해도, 거대한 자연재해 앞에서는 무력해질 수밖에 없는 노릇이다. 바다 위 태풍을 경험한 적은 단 한 번도 없지만, 듣기로 두 번의 태풍으로 마을 인근 어식장이 모두 흩어지고, 남아 있던 배들 중 절반 이상이 격류에 휩쓸려 파괴되거나 사라졌다고 했다.

그런 거대한 자연의 힘을 무인이라 한들 한낱 인간이 견뎌 냈다고?

'그럴 리 없지.'

이쯤 되니 새삼, 해왕문의 사정도 이해가 되었다.

겉으로야 멀쩡한 척하기 위해 제법 애를 쓰고 있을 터지만, 그 속내는 꽤나 썩어들어 가고 있을 터였다. 정도 문파답지 않은 과격한 행동이 나올 수도 있는 노릇이다.

'그렇다고 해서 결코 옳은 행동을 했다고 볼 수는 없지.'

정범의 시선이 맑게 갠 바다 위로 보이는 섬을 향했다.

"저 섬이 바로 해왕도입니다. 대협."

노를 젓는 청년의 설명이 없더라도 알 수 있을 정도로, 해왕도가 내뿜는 기세는 확실히 일반 어촌이나, 섬과는 전혀 달랐다.

'무인들이 모여 있다는 건가.'

정범이 바라본 해왕도는 섬이라기보다는 성(城)을 닮은 느낌이었다. 높지는 않지만 돌로 만든 방책이 세워져 섬 전체를 두르고 있으며, 드나들 수 있는 관문 역시 따로 만들어져 있다.

'총 네 곳인가.'

사방(四方)에 문이 있으니 모두 열어놓는다면 그리 답답하게 보이지만도 않을 것 같다. 하나 현재 해왕도에 열려 있는 문은 막상 단 하나뿐이었다. 섬 전체를 방책으로 똘똘 감싼 후, 단 하나의 문을 열어 놓았다는 뜻이다. 거기에 더해 열어 놓은 관문의 주변으로는 곧은 기세를 내뿜는 무인들이 눈을 부라리며 서 있다.

그것만 하여도 일개 성을 떠올릴 법한데, 내부에서 잠자듯 뭉쳐 있는 기운들 역시 탄탄하게 섬 전체를 아우르듯 두르고 있다.

일견(一見)에 성을 떠올린다 하여도 이상한 일이 아닌 것이다.

'해왕문…… 생각보다 더 대단한 문파일지도.'

느껴지는 기운이 탄탄하고 곧은 데다, 거대하기까지 하다.

직접 보기 위해 찾아왔거늘, 막상 대면하니 심장 한 편이 무언가에 의해 꽉 틀어 막히는 듯한 압박감이 들 정도였다.

뛰어난 무인인 정범이 이럴진대, 일반인인 어촌 청년들이라면 더 말할 것도 없었다.

"음……."

현격히 힘이 빠진 것이 눈에 보이는 노에서, 완전히 손을 놓은 청년이 조심스러운 눈초리로 정범을 바라보았다.

"아무래도 오늘은 그냥 돌아가야 할 것 같습니다. 들여보내 줄 것 같지도 않고, 분위기가……."

그들이 느끼는 분위기란, 일종의 육감이다.

정범이 알아챈 기운과는 전혀 다른 것. 일반적으로 사람이 가지고 있는 오감을 벗어난, 본능에 가까운 감각. 해왕문은 지금 일부러라도 그러한 분위기를 두른 채 주변 사람들의 접근을 막고 있었다.

일반적인 사람이라면, 또한 무인이라 한들 이러한 때에는 문파의 방문을 자제한다.

굳이 손님을 반기지 않는 분위기에 찾아가 화(禍)를 볼 필요는 없는 것이다.

하나 정범의 경우는 달랐다.

'어차피 보기로 결심한 것.'

굳이 오늘이 아니더라도, 언제 저 문이 열릴지 모른다.

처음 촌장이 마을 청년들을 붙여주면서도 제대로 도착은
하실지 모르겠다는 걱정을 내비쳤던 때를 떠올린 정범이
고개를 주억였다.

"여러분들은 이만 돌아가셔도 좋습니다."

"예? 하면 대협께서는 어찌하시려고요?"

놀란 청년의 물음에, 미소를 지은 정범이 배의 앞머리에
서 넓고, 깊어 보이는 바다를 응시했다.

"건너가야죠."

"배도 없는데 어찌……?"

놀란 청년들이 한 몸이라도 된 듯 목소리를 높여 물었다.

"방법이 있습니다. 제가 배를 떠나고 나면, 걱정 마시고
돌아가세요."

정범은 긴 설명을 할 필요성을 느끼지 못했다.

백문이 불여일견.

한 번의 행동으로 보여주는 것이 이들을 이해시키는 데
훨씬 편할 것이라 여긴 탓이다.

때문에 정범은, 조금의 망설임도 없이 바다를 향해 온몸
을 내던졌다.

"아앗!"

"대협!"

작은 배에서 뛰어내리는 일은 아무것도 아니다.

허나 그 밑에 기다리는 것은 끝을 알 수 없는 깊은 바다다. 바다와 함께 살아가기에, 그러한 바다가 주는 공포를 잘 알고 있는 선원들은 말 그대로 기절할 듯 경악했다.

하지만 곧 그러한 경악은 또 다른 감탄으로 바뀌고 말았다.

"와아ー!"

타닷ー!

바닷물에 발이 닿자마자, 물방울을 튀기며 앞으로 날기 시작한 정범을 본 이후에 터져 나온 탄성이다.

그러한 탄성은 한 번의 도약 이후 두 번, 세 번째까지 이어지며 할 말을 잃게 만드는 놀라움으로 뒤바뀌었다.

"무인들은 인간이 아니라더니, 강이 아니라 바다까지 건너는구나."

"아니, 정 대협이 대단하신 거라고. 저 해왕문의 그 누구도 바다를 건너서 오지는 않았지 않나?"

청년들의 얼굴에 사뭇 뿌듯한 미소가 어렸다.

저런 대단한 고수가 그들 마을의 수호신이다.

처음 그가 홀로 해왕문에 간다 했을 때, 내심 마음속에

치밀었던 불안감을 단숨에 떨쳐버린 청년들이 다시금 마을을 향해 노를 젓기 시작했다.

"자, 어서 돌아가자고. 대협께서 이 주야 뒤에 오라고 했으니 그때는 좋은 소식을 가지고 오시지 않겠나."

"아무렴, 마을의 수호신 아니신가. 하하!"

아주 짧은 시간이었지만, 그들이 정범을 보며 가진 신뢰와 동경은 이루 말로 다 할 수 없을 정도였다.

第二章

방문

　상쾌한 마음으로 배를 돌린 어촌 청년들과 달리, 자신 있게 바다로 뛰어든 정범의 안색은 순식간에 창백하게 변해 갔다.

　'이거…… 너무 자신만만했나?'

　팔황의 사막이 그렇다더니, 바다도 그런 것일까?

　두 눈에 보이기에 제법 가까울 줄로만 알았던 해왕도와의 거리가 줄어들지를 않는다.

　넉넉잡아 열 번의 도약이면 충분히 닿을 거리라 생각했는데, 어느덧 정범은 스무 번째 도약을 시도하고 있었다. 분명 섬은 더 가까워진 듯한데, 아직까지도 도대체 남은 거리가 얼마인지 확신을 할 수가 없었다.

'내력이 부족해.'

한동안 약점이었던 내력 부족이 다시 한 번 정범을 찾아왔다.

깊은 바닷물을 박차고, 앞으로 나아가는 일을 너무 쉽게 봤다.

기껏해야 강을 건너는 일쯤으로 여겼던 것이 오판이었다.

'이러다가 잘못하면 바다에 빠지겠는걸.'

아니, 이 기세로 가다가는 거의 구 할의 확률로 차가운 바닷물에 몸을 담그게 된다.

정범은 결단을 내려야 할 때란 걸 느꼈다.

'수영을 배운 적이 있기는 한데……'

어린 시절, 아버지를 따라 강가에서 배운 정도가 전부.

자신은 없지만 계속해서 바닷물을 박차는 것도 무리.

심지어 단순히 해왕도에 도착하는 것만이 목표는 아니다.

도착해서 또 어떤 사태가 벌어질지 모르는 만큼 힘을 아껴둘 필요가 있었다.

때문에 정범은 더 이상 망설이지 않고 마지막 도약을 한 후, 바다를 향해 뛰어들었다.

풍덩—!

꾸르르—!

"읍……!"

생각보다 더욱 깊고, 무거운 바닷물의 느낌에 정범의 입 바깥으로 저도 모르게 신음이 흘러나왔다. 단순히 멀리서 지켜만 봤던 바다와는 또 다르다. 코와 입술 끝에서부터 차오르는 짠 내, 생각보다 시야가 제한적인 어두운 공간, 끝을 알 수 없는 물이 숨을 옥죄는 기분까지.

'이게 바다…….'

멀리서 지켜만 봤다면, 평생을 알 수 없었을 것이 분명한 바다라는 공간을 직접적으로 마주한 정범은 몸에 서서히 힘을 풀었다.

'싸울 필요가 없어.'

어린 시절, 처음 정범에게 수영을 가르쳐 주었던 정원이 했던 말이다.

　　물과 싸우려 들지 말고, 자연스레 그 품에 안길
　생각을 해야 한다. 옳지, 잘한다. 내 아들.

"푸하—!"

천천히 몸이 떠오르며, 고개를 수면 위로 추켜든 정범이 깊은 한숨을 토했다.

"퉤, 퉤. 생각보다 더 짜구먼."

바닷물이 곧 소금물이라더니, 어째서 염전(鹽田)이 바다에서 만들어지는지 알 것 같은 기분이었다.

"이렇게 또 아버지에게 도움을 받네."

어린 시절, 굳이 몇 번 보지도 않을 물가에 찾아가 수영을 가르치려던 아버지가 조금은 밉기도 했었다. 굳이 배우고 싶은 것도 아니고, 익혀서 쓸모도 없다 여겼기 때문이다. 심지어 배우는 와중에 물을 잔뜩 먹으니 괴롭기까지 했다. 당시 정원이 사내놈에게 무슨 일이 닥칠지 어찌 아냐며 억지로라도 가르치지 않았다면 지금쯤 정범은 바닷물에 빠져 익사해 죽었을지도 몰랐다.

"후후……"

입가로 미소를 지은 정범이 팔을 뻗어 조금씩 앞으로 나아가기 시작했다.

강물보다는 두터운 바다 물결이다 보니 쉽지만은 않았지만, 그조차도 수용하고 받아들이다 보니 어렵지 않게 속도가 붙어 나갔다.

'결국 내 생각이 옳았어.'

바다 역시 하나의 대지.

또 다른 넓은 땅이다.

자연스럽게 바다의 흐름을 받아들이고, 따르는 것뿐인데

도 많은 것이 느껴진다.

'잠깐, 이건 어쩌면…….'

바다와 싸우는 것이 아니다.

그에 순응하고 받아들이는 일이 정답이다.

정범도 그리 생각했으며, 어린 시절 정원의 가르침 또한
그랬다.

헌데도 어째서 이 상황이 올 때까지 깨닫지 못했을까?

무언가를 떠올린 정범의 단전에서 얇은 실과도 같은 작
은 내력이 흘러나오기 시작했다.

정말 티끌만 하다고 볼 수 있는 미약한 것임에도 불구하
고, 그 작은 내력이 일으킨 결과는 놀랍기 그지없었다.

'이건…….'

'순응하고, 수긍한다. 왜 생각 못 했을까?'

정범은 상대를 알고자 했다.

순서를 따지자면 나를 알았으니, 곧 상대를 알아야 한다
생각했기 때문이다.

허나 그 상대를 단순히 한 명의 사람으로 가두었던 생각
자체가 화근이었다.

자연을 떠올렸으면, 자연 자체를 보려 했어야 했다.

'멍청하게 넓게 보지는 못하였구나.'

시야가 깨인 듯, 곧 정범의 눈에 보이던 세상이 바뀌기

시작했다.

바닷물에도 그렇듯, 주변의 찬바람, 공기 속에서도 흐름이 있다.

물론 그 흐름이 늘 일정하지만은 않았다.

'역동적이구나.'

바다가 파도를 만나 뒤흔들리는 짧은 순간에도 기운은 역동한다. 정범이 팔을 뻗어 나아가면 흔들리는 대기 역시 변화한다. 이러한 흐름을 보고, 계속해서 따라갈 수만 있다면 천하에서 두려울 것이 없을 것만 같은 기분이었다.

'자연이 곧 내 편이니, 무엇이 두려울까?'

이제야 막 자연의 길을 보고, 그를 따라가는 흉내를 내기 시작했음에도 불구하고 자연스럽게 거대한 벽 하나를 더 넘은 것 같은 기분에 정범은 입가로 미소를 흘렸다.

'내력 부족이 약점이다라……'

애초부터 착각이었다.

큰 내력은 분명 도움이 되지만, 적은 내력으로 큰 내력을 이길 수 없던 것은 아니었다.

'바닷물에 빠져본 것이 다행이로군.'

쏴아아—!

바다를 가르며, 앞으로 나가는 정범의 얼굴에 번진 웃음은 유쾌하기만 했다.

　　　　*　　　　*　　　　*

　역동하는 물길의 기운을 따라, 바다를 헤쳐 나오니 정범의 수영은 가히 물고기를 떠올려도 이상하지 않을 듯한 속도로 바뀌었다.

　덕분에, 멀게만 느껴졌던 해왕도가 단숨에 그의 눈앞까지 다가왔다.

　"쩝."

　어느덧 열려진 관문 위에 서 있는 무인들을 눈으로 식별할 수 있을 정도의 거리까지 도착한 정범이 아쉬움의 입맛을 다셨다.

　'조금 더 이 느낌을 익히고 싶은데…….'

　이제 막 자연의 길을 본 터라, 아직 그 흐름을 따르는 것이 마냥 자유롭지만도 않다. 만약 본인 외에 누군가의 기운이 끼어든다면 그러한 과정은 더욱 어렵게 변할 터다. 그런 만큼 짧은 수련의 시간이 아쉬울 수밖에 없는 노릇이었다.

　'뭐, 기회는 또 있을 테니.'

　아쉽지만, 지금은 해왕문에서 해야 할 일이 있다.

　마음을 접은 정범이 그를 발견한 후 무엇이라 소리치고 있는 무인들을 향해 단숨에 날아올랐다.

촤아악—!

"다들 검을 뽑아라!"

무거운 물 기운을 떨쳐내며, 하늘을 날아 단숨에 관문 입구에 올라선 정범을 본 무인들이 경계하며 검을 뽑아 들었다.

처음 보는 무인.

젊지만 쉽게 보이지는 않는다.

헤엄으로나마 저 넓은 바다를 건너왔다. 물론 중간까지 배를 타고 왔을 수도 있지만, 어찌 됐든 바다를 맨몸으로 건넌다는 발상이나, 그를 실천하는 실력은 쉽게 얻을 수 없는 것이다. 심지어 눈앞에서 그 증거를 확인하기도 했다.

무거운 바닷물을 떨치며, 이십(二十) 장에 가까운 거리를 단숨에 도약해 관문 위로 올라선 신위는 더 말할 것도 없었다.

관문을 지키는 해왕문의 중, 하급 무사들로서는 감히 따라 해 볼 엄두도 나지 않는 무공인 것이다.

"누구십니까?"

경각심을 가득 세운 채, 해왕남문(海王南門)의 총 관리자인 해왕문 일급무사(一級武士) 오혁(吳赫)이 날카로운 목소리로 물었다. 어찌 됐든 바닷길을 건너 갑작스레 관문 위로 나타난 예기치 못한 손님이다. 좋은 말이 흘러나올 수는 없는 노릇이었다.

그런 오혁을 보며, 정범의 눈이 빛났다.

'실력이 제법이야.'

대부분이 중, 하급 무사로 이루어진 관문의 수호대에도 실력자는 있다.

바로 오혁이 그러한 실력자였다.

최소 일류를 가뿐히 넘어선 그의 무공은 정갈한 데다 올곧고 기세가 단단하다. 새삼스레 그를 통해 해왕문의 저력을 한 번 더 확인하게 된 셈이었다.

하지만 단순히 그뿐.

아무리 대단하다 하여도 오혁은 해왕문 관문의 관리자 중 하나일 뿐이다.

정범이 진짜 보고 싶어 하는 해왕문은 그를 통해 볼 수 없다.

하고자 하는 이야기를 나눌 수도 없는 게 당연했다.

"해왕문주님을 만나러 왔습니다."

정범의 당당한 말에, 관문 무인들 사이로 당황이 흘렀다. 워낙 당당히 말하니, 본래부터 약속이 있어 찾아온 사람으로 보인 탓이다. 만약 그렇다면 그들은 문주의 손님에게 검을 들이민 꼴이 아닌가?

"문주님과 약속이 있으십니까?"

반면 관문장인 오혁은 제법 담담한 모습으로 되물어 왔다. 당황스러운 말이긴 하지만, 위에서부터 전달된 소식이 없으니 의심부터 떠오른 탓이었다.

"아직 약속을 잡지는 않았습니다."

정범의 얼굴에도 살짝 난감함이 어렸다.

급한 마음에 찾아오다 보니, 생각을 못 했다. 어찌 됐든 일대 지방에 가장 큰 영향력을 행사하는 거대 방파의 수장을 말 몇 마디로 쉽게 만날 수 있을 리가 없었다.

"약속이 없으시다면 곤란합니다. 소협(小俠)께서 누구신지는 모르겠지만 통성명을 밝히고 가신 후, 다른 날을 기약하시지요."

오혁은 최대한 정중하게 정범을 돌려보내려 애썼다.

갑작스럽게 찾아와 문주를 찾는 정범의 행동이 마음에 들지는 않지만, 척 보기에도 고수로 보이는 그와 괜한 불화를 일으켜 피를 보기는 싫었던 탓이다.

"음…… 이걸 어쩌나……."

정범도 나름의 고민에 빠져들었다.

본래라면 물러나야지 옳은 상황이었으나, 지금 상황이 그리 여의치 않다.

한시라도 빨리 주변 어촌과 해왕문과의 관계를 풀고 정체 모를 살인자라는 이부터 추적해야 할 때다. 지금 여기서 물러난다면, 언제까지고 기약 없이 기다려야 될지 모를 일이었다.

결국 정범은 간절한 얼굴로 오혁을 향해 다시 한 번 부탁했다.

"급작스레 찾아와 죄송합니다만, 아주 짧은 시간도 안 되겠습니까? 정말 급한 일이라 그렇습니다."

"거듭 말씀드리지만 약속되지 않은 손님을 받을 수는 없습니다. 소협께서 계속 그리 고집을 부리신다면 저도 원치 않는 피를 볼 수밖에요."

생각보다 단단한 오혁의 고집에 정범의 미간이 더욱 크게 찌푸려졌다.

'어째야 하나, 물러나야 하나.'

답답한 노릇이지만, 오혁의 행동에는 잘못된 것이 하나 없었다.

그는 관문의 수문장이었고, 어찌 되었든 정체 모를 손님을 문파 내로 들여서는 아니 된다.

온 힘을 다해 막아서려 드는 게 당연한 것이다.

결국 정범은 한 가지 편법을 떠올릴 수밖에 없었다.

'예의는 아니겠지만⋯⋯.'

이대로 물러날 수도 없고, 굳이 피를 봐야 할 상황은 아니다.

요동치는 강화의 상황에 있어, 정의(正義)를 지키기 위해서는 때론 변칙도 필요한 법. 단순히 꽉 막히기만 한 인물이었다면 지금의 정범도, 몸속에 잠든 수라귀도 만들어지지 않았을 터였다.

　"허락하시지 않는다면 어쩔 수 없지요."

　정범의 체념 섞인 말에, 손 안 가득 맺힌 땀방울 사이로 검을 움켜쥐고 있던 오혁의 손에 살짝 힘이 풀렸다.

　"하면 손님의 성함이……."

　그 순간이었다.

　돌아설 것만 같던 정범이, 검을 쥔 오혁을 향해 잽싸게 달려드는 것이 아닌가?

　"헙!"

　헛바람을 집어삼키며, 다시금 검을 쥔 손에 힘을 불어 넣는 오혁이었지만 정범의 행동은 그의 예상보다 훨씬 빨랐다.

　어느덧 눈앞까지 다가와, 오혁을 향해 살짝 미안한 웃음을 지은 정범이 말한다.

　"실례하게 됐소."

　파앗―!

　동시에, 허공으로 솟아오른 정범이 관문의 높은 성벽을 향해 뛰어오른다.

　어찌 막을 틈새도 없이 벌어진 일이다.

"노, 놈을 잡아!"

놀란 혁오가 성벽 위 무사들을 향해 소리쳤지만 그들이라고 하여 달리 반응할 틈이 있던 것은 아니었다.

파밧—!

하늘을 나는 새처럼, 또는 구름처럼 다시 한 번 허공을 디뎌 완전히 해왕도 내부로 들어선 정범의 신형이 순식간에 사라졌다.

"이, 이런……."

너무나 허망하게, 눈앞에서 침입자를 놓친 오혁이 짧은 탄식을 흘린 뒤 다급히 외쳤다.

"종, 비상종을 쳐라! 문내에 침입자가 들었다! 너, 그리고 너는 어서 달려가 문주님과 집행부에 이 사실을 고하라!"

곧, 섬 전체를 진동하게 하는 커다란 종소리가 울리고, 얼떨떨한 표정으로 정범이 사라진 방향을 바라보던 두 무인이 빠르게 달리기 시작했다.

평안하던 해왕도에 갑작스럽게 찾아온 사건이었다.

*　　　*　　　*

댕— 댕— 댕—!

'생각보다 반응이 빠르군.'

자신이 담을 넘은 지 얼마 되지 않아 들려온 큰 종소리에 정범은 내심으로 또 한 번 감탄을 흘릴 수밖에 없었다. 단순히 종소리가 빠르게 울린 탓이 아니었다. 중요한 건 종소리가 울리자마자 움직이기 시작한 해왕문 내부의 반응이었다.

순식간에 조용하던 섬 전체가 소란스러워졌다.

또한 무기를 든 무인들이 이곳저곳에서 모습을 드러내며 눈을 부라린다.

별것 아닐 수도 있는 종소리 하나가, 섬 전체를 움직였다.

정범의 입장에서는 섬뜩한 상황이기도 했다.

'해왕문이 일대의 명문(名門)이라지만, 천하오패는 아니야. 대체 천하오패란 곳은 어떤 곳일까?'

고작 몇몇의 사람들을 보고, 천하오패란 곳을 상상했다.

덕분에 정범이 생각한 천하오패란 곳은, 의외로 간단한 모습이었다.

그저 힘 있는 무인들 몇몇이 모여 만든 무림 조직.

결론적으로만 말하자면 맞는 말이다.

허나 그들이 가진 조직성이나, 그 단합력에 대해서는 단한 번도 떠올리지 않았다는 게 옳았다.

'이거 생각보다 쉽지 않겠는걸.'

급한 마음에 성벽을 넘기는 했지만, 섬의 사방 곳곳에서 쏘여오는 그물망 같은 포위는 일반 무인들보다 몇 배나 고수인 정범조차도 쉽게 걸음을 뗄 수 없게끔 만들 정도다. 함부로 움직였다가는 곧바로 걸린다. 아마 여기저기 기척을 감추고 있을 고수들이 모습을 나타내는 것도 순식간일 것이다.

'말로만 듣던 천라지망(天羅蜘網)인가.'

실제로 천라지망을 겪어본 적이 없기에 알 수는 없지만, 아마 이와 비슷한 느낌일 것이라 생각한 정범이 혀를 내둘렀다.

'정신 차려라. 범의 아가리 속에서도 정신만 차리면 살 수 있다고 하였다.'

문제는 정범의 목적이 단순히 살아남는 게 아니란 것이었다.

해왕문을 살펴보고, 어떻게 해서든 문주를 만난다.

두 가지 목적을 모두 달성하기로 결심하고 들어온 이상 물러날 수도 없었다.

'나아가야지.'

정범의 걸음이 조심스럽게 떼어졌다.

천하오패에는 못 미치지만, 그들이 함부로 대할 수만은 없는 세력.

그렇기에 청주라는 일대 지방의 패주(霸主)를 자처하고 자리 잡은 해왕문은 크게 내당(內堂)과 외당(外黨)으로 나누어져 있었다.

황철중은 그러한 두 개의 당 중에서도 외당에 속한 해룡검단(海龍劍團)의 단주였다.

실질적으로 해왕문의 외부 활동을 주관하는 외당.

그중에서도 삼(三) 개밖에 없는 단(團)의 단주라면 결코 낮은 직위가 아니다.

당연히 무공도 얕잡아 볼 수 있는 수준이 아니었다.

그런 그가 작은 어촌 마을에서 만난 청년에게 기세에서 눌려 물러나야만 했다.

솔직히 유쾌한 기분은 아니었다.

그래서일까?

처음 섬에 침입자가 들었다는 이야기를 들었을 때 가장 먼저 그 청년의 얼굴을 떠올렸다.

'착각일까?'

아니다.

황철중은 어째서인지 정범이 찾아왔을 것이라는 생각을 뇌리에서 떨칠 수가 없었다.

"제 발로 사지(死地)를 찾아 들어왔으니, 살아 돌아갈 마음은 없겠지."

황철중의 눈에는 스산한 살기가 흘렀다.

단순히 마을에서의 망신뿐이라면, 이런 마음까지 먹지는 않았을 터다.

자존심 상하는 일이지만, 다음에 마주치면 결코 좋지 않을 얼굴로 마주한 후 다툼이 벌어질 수 있는 인물.

하지만 허락도 없이 해왕문 내부에 들어섰다면 이야기가 달라진다.

'해왕문의 이름이 얼마나 무거운지 네놈의 모가지에 똑바로 새겨주도록 하마.'

정범은 그가 자랑스럽게 여기는 해왕문을 무시했다.

그것도 완전히 개무시했다.

"분명 놈이다. 우리가 소해촌(小諧村)에서 봤던 그 젊은 놈을 찾아라."

함께 어촌 마을, 소해촌에 갔던 무인들을 불러 모은 황철중이 확신에 찬 목소리로 말했다.

"예!"

꽤나 인상이 강렬한 사건이었기에, 그의 얼굴을 확실히

기억하고 있는 무인들이 굳은 얼굴로 고개를 끄덕였다. 이쯤 되면 그들 입장에서도 해왕문이 큰 무시를 당했다고밖에 생각할 수 없는 노릇이다.

자연스레 마음속에 담은 각오가 남달라질 수밖에 없었다.

"명심해라. 놈을 찾아도 함부로 덤벼들어서는 안 돼. 보기보다 고수니, 우선 신호탄을 쏴 올려라. 이후 놈은 내가 직접 잡는다."

"명심하겠습니다."

황철중의 명을 받든 삼십여 명의 무인이 빠른 속도로 주변으로 흩어졌다.

아무래도 얼굴도 모르고 쫓는 이들보다는, 조금 더 추적이 용이할 수밖에 없을 터다.

'그래, 분명 놈이야.'

황철중은, 거듭해서 확신을 가지고 있었다.

해왕문에 침입한 정범을 쫓는 무인들의 추격은 점점 더 집요해지고 있었다.

*　　　*　　　*

정범은 본인이 추적에 재능이 없다고 생각했다.

하지만 몸을 숨기고 이동하는 은신술마저 못한다고는 생

각하지 않았다.

'오히려 익숙하지.'

무한회귀 시절, 지금의 정범을 있게 만들어 준 그때에 정범은 무한히 반복하는 시간의 감옥에서 탈출하기 위해 몇 번이고 도주를 감행했었다. 심지어 그 도주는 어마어마한 난이도를 자랑하는 극한 체험의 도주였다.

'차라리 여기에 갇혀 있는 게, 마노에게 쫓기는 것보다는 낫다는 생각이 들 정도니…….'

해왕문이 자랑하는 포위망이 펼쳐졌다.

가히 천라지망이라 느껴질 정도의 촘촘하고 세세한 포위였지만, 마노 한 명이 압박하며 쫓아오는 것보다는 숨 돌릴 틈이 많다. 새삼스레 이제는 죽었다 생각하고 있는 마노가 다시금 두려워지는 일이다.

'천하오패의 주인들이 그와 같을까?'

모를 일이다.

만나보지 않았으니 말이다.

본래, 천하오패의 주인들이라 하여도 마노 등과는 비교할 수조차 없을 것이라는 첫 생각은 접은 지 오래였다.

'처음 생각보다는 훨씬 대단하겠지.'

여행을 시작하고, 해왕문에 이르러서야 천하오패의 이름이 가진 무게감을 떠올린 정범의 입가로 쓴웃음이 흘렀다.

'그러고 보니 정말 큰 적을 만든 셈인가.'

남도문.

분명 천하오패 중 하나라고 불리는 그들의 이름을 떠올린 정범이 고개를 내저었다.

알았다고 하여도 달라질 것은 없다.

또다시 과거로 돌아간다 한들, 정범의 선택은 이전과 다를 바 없었을 터였다.

해왕문에 몰래 잠입한 선택 역시 마찬가지였다.

'집요하지만, 벗어나지 못할 정도는 아니야.'

무공이 늘은 덕일지도 모르지만 거듭 말해, 마노에게 쫓길 때보다야 낫다. 그때가 범에게 쫓기는 사슴의 심정이었다면, 지금은 그래도 늑대 무리에 쫓기는 곰이라도 된 기분이다.

'일단 예상했던 대로, 해왕문의 상황도 엉망이군.'

건물 중 절반 이상이 박살이 나거나, 무너진 상태다.

제대로 지붕이 없는 집은 그것보다도 수가 훨씬 많았다.

부상자도 제법 엿보였다.

태풍이 오간 지 꽤 시간이 지난 탓에 앓는 소리가 들끓는 정도는 아니지만, 여기저기서 간간이 흘러나오는 신음이 들렸다. 붕대를 감거나 목발을 쥔 채 움직이는 무인들도 꽤 많이 보였다.

'외부에 신경 쓸 수 없는 상황.'

큰 태풍이 연달아 두 번이나 닥쳤다.

그런 상황에 식량 조달까지 제대로 되지 않는다.

의료품 역시 한정적으로 보급되고 있을 것이다.

황철중 등이 왜 그렇게까지 예민하게 굴었는지 대충은 알 것도 같은 기분이었다.

'대충 분위기는 알 것 같군.'

적어도 현재의 해왕문이 외부를 신경 쓸 정도로 여유롭지만은 않다는 것쯤은 분명했다.

확인을 끝낸 정범은 다음 목표를 떠올렸다.

'해왕문주를 만나자.'

위치를 아는 것은 어렵지 않았다.

넓은 해왕도 내에서도, 유난히 강렬하고 많은 기운이 얽히고설켜 있는 곳.

'마치 일부러 함정으로 부르는 것만 같지만⋯⋯.'

알면서도 미끼를 물지 않을 도리가 없다.

목표를 이루기 위해서라도 부딪칠 수밖에 없는 노릇이니 말이다.

결심한 정범이 은신을 풀며 걸음을 옮기려는 순간이었다.

쐐에엑—!

바람을 가르는 소리와 함께, 날카로운 예기가 정범의 등 뒤로 매섭게 다가온다.

　제자리에서 몸을 틀어 검격을 피한 정범의 눈에 놀라움
이 어렸다.

　나름대로 은신에는 자신이 있었는데, 들켰다.

　게다가 상대는 정범에게도 익숙한 얼굴이었다.

　"찾았다, 이놈."

　황철중이 그를 보며 사나운 웃음을 지어 보였다.

第三章

해왕도

황철중은 뜨거운 감정 속에서도, 차가운 분노를 찾아낼
줄 아는 이였다.

휘이잉— 펑—!

정범에게 검격을 휘두르는 것과 동시에, 쏘아 올린 신호
탄이 허공에서 빛을 번쩍인다.

기습을 가하기는 했지만, 순수한 무공 실력만으론 황철
중도 정범보다 몇 수 아래다.

만약 뜨거운 분노에 휩쓸려 무작정 검만 휘둘렀다면, 정
범은 이 자리에서 황철중을 쓰러트리고 유유자적하게 이동
할 수 있었을 터다.

하지만 이미 신호탄은 쏘아졌고, 그 신호탄의 불빛이 채 가시기도 전에 주변으로 수많은 무인이 몰려들었다.

이제 적은 황철중 하나가 아니었다.

"역시 네놈이었군."

황철중의 두 눈에서는 정범을 녹여버릴 듯한 불꽃이 타오르고 있었다.

"……."

정범은 입을 다문 채 주변을 둘러보았다.

당연히 지금 그의 입장에서 황철중의 얼굴은 반갑지 않았다.

순식간에 한 곳으로 뭉쳐 물 샐 틈 없이 형성된 포위망은 더욱 달갑지 않았다.

'몰래 나갈 수 있을까?'

정범은 내심 고개를 저었다.

"……싸우고 싶지 않습니다."

황철중을 향해, 진심을 담은 한 마디를 건네 본다.

물론 먹힐 것이라는 생각은 들지 않았다.

"그러면 애초에 들어오지 말았어야지."

검기를 뽑아낸 황철중이 다시금 정범을 향해 공격을 가해 왔다.

동시에 이곳저곳에서 모여들던 기운들 역시 정범을 향해

공격을 가해 왔다.

발밑을 제외한 팔방, 심지어 머리 위에서까지 공격이 쏟아진다.

황철중을 제외하자면 그리 대단한 실력도 아니지만, 서로 간에 얽힌 끈끈함은 또 우습게 볼 수 없는 공격.

급작스럽게 펼쳐냈지만, 하나의 검진(劍陣)을 형성하고 있다는 뜻이었다.

피할 곳은 없다.

모두가 그리 생각했다.

한데, 정범이 단 한 걸음.

그 첫 걸음을 떼는 순간 모두의 생각이 뒤바뀌었다.

정범은 그저 걸었을 뿐인데, 아홉 개의 검이 마치 매서운 바람이라도 맞이한 듯 크게 역동하기 시작했다. 이내는 무거운 철에 밀리듯 오히려 다가오고 있는 정범에게서, 검이 달아나기 시작한다.

파바밧—!

아홉 개의 검이, 아무것도 존재하지 않는 허공을 허망하게 더듬었다.

그 중심에 서 순식간에 황철중의 앞으로 다가온 정범이 주먹을 내뻗었다.

"헙!"

헛바람을 내뱉은 황철중이 재빠르게 뒤로 물러났다.

눈앞에 다가올 때까지 보지도, 느끼지도 못했다.

굳이 그뿐만이 아니었다.

주변을 둘러싼 여덟 명의 무인, 그를 벗어나 포위망을 형성한 일백여의 무인들 중 누구도 반응하지 못했다. 정범의 걸음은 그만큼이나 자연스러웠으며, 빨랐다.

"후우……."

놀라기는 짧은 한숨을 내쉬는 정범 역시 마찬가지였다.

'단지 기운이 일러 주는 길을 따라 걸었을 뿐인데.'

그 어떤 검도 닿지 못했다.

누군가는 검이 피해 갔다고 생각할 수도 있겠지만, 실상 정범은 그저 유일하게 비어 있는 기운의 통로를 향해 걸어갔을 뿐이다. 내력조차 크게 소모하지 않았다. 정범은 그러한 자신의 걸음이 마치 하늘을 떠다니는 구름과 같다고도 느껴졌다.

'운보(雲步)…….'

순식간에 머릿속에 떠오른 이름에, 만족스러운 미소를 지은 정범이 주변을 둘러보았다.

'이 걸음이라면…….'

이 끈적한 포위망도 뚫을 수 있다.

문득 자신감이 생겼다.

정범은 단숨에 기운의 흐름을 따라 또다시 걸음을 옮기기 시작했다.

흐릿한 운무라도 두른 듯, 스르륵 사라진 정범이 단숨에 지붕 위에 모습을 드러냈다.

"이놈!"

스르륵—!

숨어 있던 무인이, 잽싸게 검을 휘둘렀지만 그 역시 정범이 구름과 같이 흩어진 빈자리를 벨 뿐이었다.

"놈을 막아!"

그런 정범의 주변으로 더 많은 무인들이 몰려오며 포위망을 두텁게 한다.

그래도 기운이 흐르고 있는 이상 틈은 존재할 수밖에 없다. 다만 그 틈이 얼마나 얇고, 비좁냐의 문제일 뿐이다.

'아직 내가 통과할 자신이 없는 공간이라면……'

약간의 행동으로 틈을 벌려주면 될 뿐이다.

기운이란 짧은 시간에도 크게 역동하니 어려운 일은 아니었다.

"놈—!"

사라졌다 느낀 순간, 갑작스럽게 나타난 정범의 기척에 놀란 무인이 검을 휘둘렀다.

그 작은 동작만으로 벌어진 틈새를 향해, 정범은 다시금 몸을 던졌다.

사라락—!

연기가 흩어지듯 정범의 신형이 사라지고, 어느덧 그의 몸은 포위망 바깥에 도달했다.

너무나도 쉽게, 생각보다 훨씬 빨리 포위망을 벗어난 정범은 저도 모르게 헛웃음을 흘렸다.

"허헛."

바다가 알려 준 가르침이, 그간 그를 고민하게 하였던 수많은 문제를 한순간에 해결해 주었다.

아니, 그 정도가 아니었다.

'완전히 달라졌어.'

기운을 읽고, 그를 자연스럽게 따르기 시작하니 무공의 차원이 달라졌다.

저도 모르는 사이 그의 무공이 자연스럽게, 벽을 넘어 한 단계 도약해 낸 것이다.

뿐만이 아니었다.

기운을 따르기 시작한 순간 돌덩이처럼 단단하게 굳어만 있던 알 수 없는 기운 역시 스르륵 흘러내려 내력으로 변환되었다.

섞여 있던 탁기는, 정범의 정순한 내력과 만나 자연스레 정화되어 간다.

난폭한 날이 서 있던 수라귀의 마음 역시 녹아내렸다.

완연한 성장이다.

너무나 기쁘고, 짜릿한 순간이지만 지금은 그를 만끽할 여유까지는 없었다.

"놈이 도망간다! 뭣들 하고 있는 게냐!"

뒤쪽에서 황철중의 다급한 목소리가 들려왔다.

그를 따라 포위망이 새로 형성되려 하고 있었다.

몰려드는 무인의 숫자도 늘어나고 있다.

이대로 기운의 흐름만 따른다면 또다시 빠져나오는 것 역시 어려운 일이 아니겠지만, 굳이 그럴 이유가 없었다.

정범은 자연스레 운보를 펼쳐, 순식간에 목적지를 향해 나아갔다.

그 무엇도 정범을 막지 못했다.

아니, 애초에 정범의 움직임을 쫓을 수조차 없었다.

"사, 사라졌습니다."

이어진 수하들의 보고에, 지붕 위로 날아오른 닭 쫓던 개가 된 심정이 된 황철중이 주먹을 강하게 움켜쥐며 몸을 떨었다.

"대체 네놈의 정체는 뭐냐……."

너무나도 허망하게 놓쳤다.

허나 포기하고 있을 수도 없는 노릇.

"쫓아라, 어떻게든 계속해서 쫓는 거다."

황철중의 차가운 목소리가 다시 한 번 울려 퍼졌다.

＊　　　＊　　　＊

바다를 헤엄쳐 오는 동안, 기운의 흐름을 따라 움직이는 법을 배웠다. 그것을 걸음으로 옮기니 곧 운보가 되었다.

정범은 그야말로 하늘을 누비는 자유로운 기분으로 해왕 문주의 거처를 향해 날아갔다.

그 무엇도 정범을 막을 수 있는 것은 없을 듯만 했다.

하나 그런 정범의 생각도 초라한 작은 집 위에 서 있는 왜소한 노인을 본 순간 모두 사라졌다.

"……!"

놀란 표정을 한 정범이 걸음을 멈추었다.

아니, 정확하게 말하면 멈춰 설 수밖에 없었다.

'이 노인은 뭐지?'

수많은 해왕문도가 펼치는 포위망도 손쉽게 벗어났던 정 범의 운보다.

한데 눈앞에 뒷짐을 진 채, 의아한 표정으로 그를 바라 보는 노인이 나타난 순간 운보의 길이 막혔다. 왜소한 체구 에, 힘 하나 없어 보이는 비루한 모습을 한 노인이, 홀로 서 모든 기운의 흐름을 막아선 탓이었다.

"섬이 시끄럽기에, 반백 년 만에 밖으로 나와 봤더니 이
것 참 재미있는 녀석이 나타났구나."

작은 목소리로 말하는 노인을 보며, 정범은 심장 한편이
쿵쾅대는 감정을 느꼈다.

처음 보는 인물이지만, 그가 전해 주는 감정이 결코 생소
하지는 않다.

아니, 지겹도록 겪었다.

굉언 대사, 무연 진인, 마노.

강호에 나와, 처음으로 세 괴물과 같은 느낌을 주는 인물
을 만났다.

"노인장은 누구십니까?"

긴장한 정범이 저도 모르게 검병에 손을 가져다 대며 물
었다.

"이미 잊힌 것일진대 이름이 무에 중요할까. 그냥 영 노
야(老爺)라고 부르거라."

"영 노야……."

제대로 된 이름조차 밝히지 않는 노인을 보며, 한숨을 내
쉰 정범이 다시 한 번 말했다.

"실례지만 길을 비켜주실 수 있겠습니까?"

그저 서 있기만 할 뿐인데, 당장으로서는 억지로 뚫고 나

갈 길조차 보이지 않는다.

한번 부딪쳐 본다면 틈이 생길지도 모르나, 그 뒤로 다시 덜미가 잡히지 않는다고도 보장할 수 없었다.

"길을 비켜달라고? 사문(師門)에 허락도 없이 들어와 날뛰는 침입자한테? 내가 왜?"

"사문……."

이어진 영 노야의 말에 정범의 입 안에 쓴맛이 감돌았다.

'해왕문에 이런 고수가 있었나?'

바깥에서 볼 때는 전혀 알 수 없던 기운이다.

아니, 내부에서 은밀히 돌아다니는 동안에도 영 노야와 같은 인물의 기운은 느낀 적이 없다.

'애초부터 나보다 위.'

당연한 일일 터였다.

인외천의 괴물 삼인방과 같은 수준의 고수라면, 작금의 정범으로도 무리다.

해왕문 내에는 정범의 예상을 한참이나 벗어난 존재가 몸을 웅크린 채 숨을 죽이고 있었다.

챙―!

결국, 정범은 검을 뽑아 들었다.

"오호?"

영 노야가 두 눈을 반짝 빛냈다.

"싸우려고? 나와?"

"노야께서 비켜주시지 않는다면, 억지로라도 길을 열어야 하지 않겠습니까?"

정범의 확고한 음성에, 영 노야의 얼굴에 번진 웃음이 더욱 짙어졌다.

"아해야, 가히 천재라 불리기에도 부족하지 않은 재능과, 그 나이에 품을 수 없는 업보를 등에 졌다고는 하나, 너무 성급하구나. 정녕 네가 나를 이길 수 있다고 믿는 것이냐?"

"……"

정범은 답하지 않았다.

작은 말 하나, 손끝의 움찔거림 하나가 주변의 기운을 마구 뒤흔들고 있다.

정범 본인 탓이 아니다.

영 노야의 작은 행동이 주변을 마구 뒤흔들고 있다.

마치 이 세상 전체가 영 노야라는 인물 하나를 중심으로 돌아가고 있는 것 같은 모습.

'내가 세 사람을 보면서 느꼈던 감정은 그저 겉면에 불과했구나.'

이제야 보이기 시작한 기운의 흐름이 아니었다면, 영 노야를 보고서도 몰랐을 터다.

그만큼이나 영 노야라는 존재가 주는 압박감은 어마어마했다.

그가 세상의 중심인 듯도 했으며, 더 나아가서는 곧 영 노야 본인이 세상과 하나 된 것과도 같았다.

감히 범접할 수 없다.

검을 쥔 손끝이 떨렸다.

허나 여기서 물러난다면 어촌 주민들에게 찾아온 불행은 끝나지 않는다.

"군자라면 무릇 어려움 속에서도 홀로 나아가야 할 때가 있는 법."

방금 전 깨달은 운보를 펼치며, 내뻗는 검이 강기를 품은 채 강렬한 기세로 날아간다.

단순히 움직이는 것뿐으로도 숨이 턱 막힐 것 같은 압박감이 찾아왔지만 못 견딜 정도는 아니었다. 아니, 이겨 낼 수 있다. 이미 정범은 몇 번이고 떨쳐내 본 적이 있었다.

"허어…… 아직 불혹도 되어 보이지 않거늘, 공압(空壓)을 떨쳐내?"

두꺼운 기운의 흐름을 베며 날카롭게 날아드는 정범의 검을 보는 영 노야의 입에서 기이한 감탄이 흘러나왔다. 동시에 뻗어져 나온 그의 손이 정범의 강기를 부여잡았다.

카앙—!

손과 검이 부딪쳤지만, 강철과 강철이 부딪치는 듯한 울음이 일었다.

동시에 세상에 존재하는 모든 것을 벨 수 있다는 강기 또한 막혔다.

아니, 부서진다.

파지직—!

강기를 쥔 손에 영 노야가 힘을 주는 순간, 허망하게 사라지는 기운의 흩날림에 정범의 눈이 가파르게 떨렸다.

'강기로는 안 돼.'

평범해 보이는 영 노야의 두 손에는 보이지도 않고, 느껴지지도 않는 무언가가 응어리져 있었다. 작금의 정범으로서는 상상조차 할 수 없는 미증유(未曾有)의 힘이다. 하나 강기로는 결코 그 힘을 이길 수 없다는 사실만은 분명했다.

'흐름……'

세상이 마치 그의 중심으로 흐르는 듯하지만, 영 노야도 사람이다.

그런 이상 거대한 세상의 흐름을 홀로 통제하고 있을 수는 없는 노릇이다.

한데도 불구하고 마치 세상이 그를 중심으로 움직이는 것만 같은 이유는 어렵지 않게 짐작할 수 있었다.

'제공, 분명 제공이야.'

정범이 고민하고, 답을 내렸던 길.

제공권이다.

단지 그 영역이 너무나 과도할 정도로 압도적이게 거대하여 마치 세상 전체가 그를 중심으로 움직이는 것만 같을 뿐이다.

정범은 조금 더 차갑게, 이성적인 눈이 되어 흐름을 찾았다.

영 노야도 사람이라면, 이 탄탄한 제공 속에서도 빈틈이 생길 때가 있는 법이다.

잡혀버린 검을 재빠르게 포기한 정범이 이번에는 조법을 휘둘렀다.

마노의 혈적비조!

피 내음이 짙은 무공인 만큼 수라귀가 아닌 정범은 꺼리는 무공이지만, 그 위력만큼은 확실했다.

파라락—!

옷자락이 펄럭이며 휘날린다 싶은 순간 정범의 예리한 손날이 영 노야의 두 눈앞까지 당도했다. 그 날카로운 조법을 바라보며, 놀란 표정을 지은 영 노야가 잽싸게 뒷걸음질을 쳤다.

'지금!'

동시에 정범에게는 기회가 찾아왔다.

영 노야가 놀라며, 흔들렸다.

그 순간 아주 얇게나마 제공의 빈틈이 생겼다.

착—!

떨어지는 검을 허공에서 붙잡아, 이어지는 흐름을 따라 검이 뻗어져 나갔다.

그 순간 정범은 또 한 번 알 수 없는 격정을 느꼈다.

'군자검이 아니야.'

무연의 태을무경으로 탄생되었던 미완성의 군자검이 아니다. 그렇다고 또 운보와는 어딘가 달랐다. 운보는 잔잔하고 조용했다. 반면 지금 내뻗어지는 정범의 검은 제법 역동적인 모습이었다. 내뻗는 팔의 움직임 탓이다. 곧, 정범은 어딘지 모르게 낯설지 않은 자신의 움직임이 어디서 근원하였는지 깨달을 수 있었다.

'바다!'

굽이치는 파도, 흔들리는 기운.

그 속을 헤쳐 나오기 위해 양팔을 힘차게 내저었었다.

지금 정범의 손에서 펼쳐지는 검은 분명 그러한 바다를 닮아 있었다.

그를 확인한 영 노야의 두 눈이 다시 한 번 부릅 뜨였다.

"갈! 네놈 도대체 정체가 무엇이냐!"

침착하게만 보였던 영 노야가 처음으로 화를 냈다.

동시에 그의 주변 기운이 마치 용암처럼 들끓듯 성을 냈다.

정범의 등 위로 얹어지는 압박감이 배가 된 것 역시 순식간이다.

하나 이미 기운의 흐름을 타기 시작한 정범에게 있어 그는 큰 문제가 아니었다.

'뚫는다.'

정범은 한 가지 집념만으로 역동적인 검을 내뻗었다.

이 검이라면 분명 영 노야도 어쩔 수 없으리라 믿었다.

하나 그러한 생각도, 영 노야가 숨기고 있던 검을 뽑아드는 순간 모두 뒤바뀌었다.

챙—!

어디서부터 나타났는지도 모를 검이, 영 노야의 손에 쥐어진 것뿐이었다. 한데 또다시 공기가 변했다. 이 전까지 영 노야의 제공 속에서 느꼈던 감정이 위압(威壓)이라면, 이제는 예기(銳氣)로 변했다.

마치 세상 전체가 정범을 향해 검을 겨누고 있는 듯했다.

아니, 실제로 그러했다.

카가강—!

화난 얼굴의 영 노야가 검을 앞으로 기울였을 뿐인데, 날카롭게 느껴지던 예기 전체가 정범의 검 앞을 막아섰다.

카가가강—!

힘차게 흐름을 타고 나아가는 정범의 검이 그러한 예기와 부딪치며 부수고 나아간다.

하나 한 손이 열 손을 감당할 수는 없는 법.

끝내 정범의 검은 영 노야의 검극에도 닿지 못한 채 허망하게 무너져 갔다.

뿐만이 아니었다.

"쿨럭—!"

뒤를 이어 온몸을 덮친 날카로운 예기 앞에 핏물을 쏟은 정범이 무릎을 꿇었다.

꺾였다.

자신만만하게 해왕도에 들어왔거늘, 운보를 깨달은 이후로는 누구에게도 지지 않는다 믿었거늘 완벽히 꺾였다.

창백한 안색이 되어, 무릎을 꿇은 정범의 눈빛이 흔들렸다.

마음속에서부터 작은 목소리가 흘러나오고 있었다.

[네놈은 더 이상 무리야. 나를 불러.]

수라귀다.

난폭하고, 악독하며, 비열한 악마 같은 놈.

놈은 완전한 승자의 얼굴이 되어, 정범의 바로 앞까지 다가온 영 노야를 보며 비릿한 웃음을 짓고 있었다. 악독한 방법을 떠올리고 있겠지. 물론 그조차도 먹힐지는 미지수다. 하나 작금 정법의 입장에서는 그런 수라귀에게라도 손을 내뻗어야 할지도 몰랐다.

죽음의 사신과도 같이 차가운 표정을 비추는 영 노야를 바라보면 그러한 생각은 더욱 강렬해진다.

하나 결국 정범은 손을 내밀지 않았다.

'그만.'

더 이상은 수라귀와 마주하고 싶지 않다.

애써 힘들게 녹여 놓은 검은 마음이다.

여기서 다시 수라귀를 꺼냈다가는 그 마음이 더욱 증폭될 것이다.

한때나마 스스로의 정체를 밝히는 게 두려워 썼던 그 가면이 얼마나 어리석은 선택이었는지 알게 된 이상, 수라귀를 택할 수는 없는 노릇이었다.

"이제야 조금 얌전해졌군. 다시금 묻지. 아이야, 네 정체는 대체 무엇이냐?"

"헉, 헉……."

차가운 얼굴로 묻는 영 노야를 바라보며 정범은 아무런 말을 하지 못했다.

그가 묻는 정체란 무엇일까?

우양촌 장씨 일가의 장남?

아니면 무한회귀의 생존자?

그도 아니면 실패한 낙방학사?

지친 표정으로 제자리에 곧바로 엎어진 정범이 영 노야를 바라보며 물었다.

"무슨 정체를 묻는 겁니까?"

포기한 것이 분명한, 정범의 편한 자세에 영 노야의 얼굴에 다시 한 번 이채가 어렸다.

"이름."

"정범입니다."

답을 하는 정범의 입가로 웃음이 흘러나왔다.

질문을 한 영 노야의 얼굴에 어린 당황이 눈에 띌 정도로 컸기 때문이었다.

"나를 만난 적 있나?"

"지금 만났지 않습니까. 쿨럭!"

"……."

핏물을 토하며 이어진 정범의 답에 영 노야의 미간이 깊게 접혔다.

"꿩언 대사와는 무슨 관계지?"

질문이 이어졌다.

"짧은 인연을 가진 사이 정도로 하지요."

"하면 종남의 무연 진인과는 어찌 아는 사이냐?"

"친우입니다. 또한 은인이십니다."

무연을 말할 때 느껴지는 정범의 공경심에, 다시 한 번 영 노야의 눈빛이 크게 흔들렸다.

"마노, 그 악마도 알고 있나?"

"……."

정범은 아무런 답을 하지 않았다.

영 노야는 세 사람을 알고 있다.

입 바깥으로 꺼내는 것조차 두려운 이름.

영 노야쯤 되는 절대고수도 그 이름을 읊을 때에는 목소리를 떨었다.

"마노의 혈적비조를 쓰더군."

"……눈대중으로 익혔습니다."

정범은 솔직한 음성으로 말했다.

배운 적은 없다.

하나 훔쳐 익히기는 하였다.

"혈적비조가 눈대중으로 익혀지는 무공이던가?"

"되더군요. 쿨럭, 쿨럭!"

정범의 입가로 흘러나오는 핏물이 더욱 짙어졌다.

"마지막으로 묻지. 해공비검(海公秘劍)은 어디서 익혔나?"

"해공비검?"

"네놈이 마지막에 펼쳤던 검법 말이다."

재촉하는 영 노야의 말에, 어이없다는 표정을 지은 정범이 답했다.

"그 순간의 느낌에 따라 펼쳤습니다."

"뭐?"

"저도 처음 써보는 검공…… 쿠헤엑—!"

더 이상은 말을 하는 것조차 무리다.

내장까지 쏟아낼 듯 핏물을 토하는 정범을 보며, 고민에 휩싸여 있던 영 노야가 한숨을 쉬며 손을 휘저었다. 그러자 정범의 육신이 마치 힘없는 연처럼 허공으로 자연스럽게 떠오른다.

"대답할 힘이 없다는 건 안다. 미안한데, 약속을 어기고 한 가지만 더 물어야겠구나. 네놈이 마노의 제자는 아니겠지?"

"제자……는 쥐뿔…….'"

마노의 제자라니!

상상만으로 끔찍한 단어다.

정범의 눈에 떠오른 경멸에 한숨을 내쉰 영 노야가 고개를 주억였다.

"믿어 보마. 단 네 말이 거짓이라면…… 차라리 이 자리에서 죽는 것이 더 나았다고 생각하게 해 주마."

그 말을 끝으로, 조용하던 주변이 소란스러워지기 시작했다.

정범을 찾는 해왕문도가 일대로 몰려든 것이다.

하나 이미, 그 자리에는 영 노야도, 정범도 없었다.

그저 싸움의 흔적을 알리는 핏물만이 지붕 위에서부터 흘러내리고 있을 뿐이었다.

第四章

영 노야

오랜만에 의식을 잃었다.

그것도 제대로 대항조차 못 해 본 패배였다.

'강호에 나와 제법 자신한 무공 실력이었는데…….'

역시 정저지와란 말이 괜히 있는 것이 아니다.

영 노야 앞에 힘없이 무릎 꿇던 자신을 떠올린 정범이 천천히 눈을 떴다.

다행히, 마지막 순간 그를 죽이기보다 거두기를 택한 영 노야 덕에 목숨은 건졌다.

"덕분에 엄청 아프군."

쓴웃음을 지으며, 몸을 일으키니 어느덧 바로 옆까지 다가온 영 노야가 검은 약이 가득 담긴 그릇을 내밀었다.

"아프다는 건 살아 있다는 증거지. 아무리 괴로워도 이승이 저승보다는 낫지 않겠느냐."

그릇을 받아 들며, 쓴 약을 한입에 집어삼킨 정범이 영 노야를 바라보았다.

"우선 살려주셔서 감사합니다. 죽을병을 주신 것도 영 노야시지만요."

"커험⋯⋯."

영 노야는 아무런 말도 하지 않은 채 헛기침을 하고는 허공을 바라보았다.

잠시간의 침묵이 흘렀다.

결국 먼저 입을 연 것은 영 노야 측이었다.

"자는 동안 네 몸을 살펴보았다."

"예."

정범은 가벼운 목소리로 답했다.

어차피 제압당해 죽기 직전의 목숨이다.

몸 좀 보인다 하여도 달리 따질 수 없는 노릇인 것이다.

"기이하더구나. 그 세 명의 인연이 한 몸에 머물러 있다니 특히⋯⋯."

영 노야의 시선이, 정범의 오른손을 향했다.

"그건 마노의 작품이냐?"

"이것도 알아보셨습니까?"

이번에는 정범 역시 놀랐다.

다른 힘은 몰라도, 흡정마수에 대해 알아본 이는 눈앞의 영 노야가 처음이었다.

실상 영 노야에게는 제대로 꺼내보지 못한 힘이었는데 말이다.

"겪어본 적이 있다. 우라질 맞을 저주지."

"하면 영 노야께서도 마노와……."

정범에게 흡정마수를 건네준 것은 마노다.

반대로 말하자면, 그에게도 같은 힘이 있을 수도 있다는 뜻이었다.

"싸웠었지. 깨졌고."

"……."

정범은 침을 꿀꺽 삼켰다.

무엇에도 무너지지 않을 것 같은 영 노야조차 마노에게 당했다. 새삼스레 자신이 마노에게서 살아 나온 것이 기적이나 다름없다는 생각이 들었다.

"벌써 반백 년도 더 된 이야기다. 지금 붙는다면 달라."

영 노야가 콧방귀를 끼며 말했다.

직후, 묘한 웃음을 지은 후 고개를 내저었지만 말이다.

"의미 없는 이야기지. 이제 와 세상사에 관여하기엔 너무 늦었어. 하지만 너는 다르겠지."

영 노야의 빛나는 두 눈이 정범에게로 향했다.

"비록 기이한 마기(魔氣)가 뒤섞여 있지만 그 중심은 올 곧고 순한 정도(正道)의 기운이 자리 잡고 있더구나. 마노의 제자가 아니란 것쯤은 그것만으로도 알 수 있다."

"말씀도 마시지요. 상상만으로도 끔찍한 일입니다."

마노의 제자라는 오해로, 한 번은 죽었고, 한 번은 죽을 뻔했다.

정범의 온몸에 절로 소름이 돋아 날 수밖에 없는 말이었다.

"마노의 혈적비조는 어찌 배운 게냐?"

"보고 배웠습니다."

"제자가 아닌데?"

"수백 번을 넘게 보니 절로 외워지더군요."

"마노의 혈적비조를 수백 번이나 보고 살아남았다고?"

정범은 대답 대신 쓴웃음을 지어 보였다.

"사연이 있나 보구나. 원치 않는다면 깊이 묻지는 않겠다."

"감사합니다."

설명하기에도 길고, 믿게끔 하기에는 더 복잡하다.

때문에 정범은 적절한 영 노야의 양보가 진심으로 감사했다.

"그러면 하나만 묻자꾸나. 마노는 어찌 되었느냐?"

"아마…… 죽었을 겁니다."

"아마?"

정범이 자신의 오른손을 들어 보였다.

그를 보고, 정범의 단전 옆에 자리 잡아 있던 사이한 기운을 떠올린 영 노야의 눈이 빛을 내뿜었다.

"제 꾀에 제가 넘어갔다?"

"그리 되었습니다."

"허……."

영 노야가 턱 밑에 난 짧은 수염을 쓰다듬으며 헛바람을 흘렸다.

"천하의 마노를 잡은 게 소림의 신승(神僧)도, 종남의 검성(劍星)도 아닌 이런 어린아이라니……."

"운이 좋았습니다."

"천운 역시 그 무인이 가진 실력이지. 진인사대천명. 하늘의 뜻 역시 사람의 인도 없이는 이루어지지 않는 법이다. 어찌 됐든 본론으로 돌아가서……."

영 노야의 두 눈이 가늘게 뜨였다.

"비록 아직 인외천에 다다르지 못했다고는 하나, 네 재지(才智)는 가히 압도적이다 할 수 있겠구나. 아마 머지않은 때에 우리와 같은 세계로 들어올 터인데…… 너 같은 아이가 어찌하여 이 좁은 섬에 방문했는고?"

해왕도는 결코 작지 않다.

하나 천하라는 큰물에 비견하자면 작은 섬일 뿐이다.

해왕문 역시 마찬가지다.

청주에서 제일가는 문파라지만, 천하 전체를 두고 보자면 오패에도 이름을 올리지 못하는 중소방파일 뿐이다.

영 노야가 보는 정범이라는 인물은 큰 땅에서, 큰 대지를 발판 삼아 일어나야 할 거인(巨人)의 뿌리였다.

"해왕문주님을 찾아 이야기를 나누고 싶었습니다."

"문주를?"

"바깥세상의 이야기입니다. 두 번의 태풍이 준 피해가 적지 않음은 알지만, 그렇다고 하여 정도 문파가 양민을 괴롭혀서는 안 될 노릇이라고 생각합니다."

"그건 또 무슨 소리인고?"

두 번의 태풍은 영 노야 역시 기억한다.

유난히 거친 바람이 휘몰아쳤으며, 거대한 파도가 해왕도 전체를 때렸다. 심지어 해룡(海龍)이 기지개를 키듯 거대한 바다 소용돌이가 하늘 높이 솟아올랐을 때에는 해신이 분노하여 천하를 집어삼키려 한다는 기우(杞憂)까지 떠오를 정도였다.

당연히 해왕문의 심한 몸살에 대해서도 알고 있었다.

한데 그렇다고 하여 해왕문이 양민을 괴롭히다니?

그가 아는 해왕문은 적어도 삼류 흑도 문파와 같은 짓을 하는 곳은 아니었다.

자연스레 미간이 찌푸려졌다.

사문을 모욕한다는 생각에 자존심마저 상처 입었다.

그렇다고 해서 곧바로 목소리를 높이고, 화를 낼 만큼 수양이 낮지도 않은 것이 바로 영 노야였다.

"말 그대로입니다. 해왕문의 식솔들을 먹이기 위해, 마찬가지로 태풍에 피해를 입은 어촌 사람들을 굶겨 죽이려 하니 참으로 불합리한 노릇 아니겠습니까?"

"그러니까 아이야, 네 말대로라면 우리 해왕문이 제 배 곯는 것이 힘들어 양민들의 식량을 빼앗으려 했다는 말이냐?"

정범은 대답 대신, 단호한 눈빛으로 영 노야와 눈을 마주했다.

'참으로 맑구나.'

도대체 이런 이의 마음속에 어찌하여 조금이나마 마기가 끼어들었는지 이해조차 되지 않을 정도의 정순함이 가득한 눈이다.

결국 영 노야는 앓는 소리를 내며 시선을 피하고 말았다.

"끙…… 거짓말은 아닌 것 같구나."

"저는 노야 앞에서 단 한 번도 거짓을 말한 적이 없습니다."

"허허……."

짧은 수염을 다시금 쓰다듬으며, 헛웃음을 흘린 영 노야가 눈을 감았다.

아무리 문도가 배가 굶고 있다고 하여도, 힘없는 양민에게서 음식을 빼앗는다면 그는 강도와 다름이 없다. 정범이 그를 따지기 위해 문주를 찾은 것이라면 정의(正意)와 명분은 분명 정범에게 있을 따름이다.

"인근 어촌 마을 사람들은 무사하더냐?"

"제가 본 곳은 단 한 곳뿐입니다만. 다행히 태풍이 마을에까지 큰 영향을 주지는 않았던 것 같습니다. 다만 어식장이 모두 망가지고, 살아 있는 물고기가 몇 남지 않은 탓에 식량이 모자라 기근을 앓고 있을 뿐입니다."

따지자면, 바다 한가운데에서 태풍을 맞이한 해왕문의 상처가 더 크다.

하나 역시, 아무리 그렇다고 해도 양민을 핍박해서 제 배를 불리는 탐관오리와 같은 문파가 되어서는 안 될 노릇.

결국 영 노야는 모든 것을 수긍한 채 고개를 주억였다.

"네 말이 옳다. 작금의 해왕문에는 누군가 회초리를 들어줄 사람이 필요하겠구나."

물론, 그 사람이 영 노야가 될 수도 있다.

정범 역시 이렇게 인연이 닿은 김에, 그가 나서주기를 바랐다.

누가 보아도 영 노야는 해왕문의 큰 어른이 분명해 보였기 때문이었다.

하나 영 노야는 자신이 나설 생각이 조금도 없었다.

"이제는 내가 부탁하마. 네가 직접 나서 회초리를 휘둘러 주거라."

"예?"

"이미 이십 년 전에 사문의 모든 일에서 손을 떼겠다고 선언한 몸이다."

때문에 커다란 태풍이 해왕문을 기습했을 때에도 그저 모른 척 지켜볼 수밖에 없었다.

속세(俗世)를 버리겠다고 다짐했거늘 어찌 손을 쉽게 쓸 수 있겠는가?

사실을 조금 보태 말하자면, 이 정도 위기는 해왕문이 충분히 극복할 수 있다 믿었기에 움직이려는 마음을 다 잡을 수 있었다.

만약 정녕 해왕문이 멸문(滅門)할 위기가 찾아왔다면 결국 그는 약속을 깰 수밖에 없었을 터다.

하나, 어찌 됐든 겉으로 보이는 결과는 영 노야가 해왕문의 위기를 외면했다는 사실이다.

문중(門中)의 대부분 아니, 실상 문주를 제외한 모든 사람들은 영 노야가 노화해 죽었다고 알고 있기까지 하다.

그런 상황에서 영 노야가 나서서 회초리를 드는 것은 아무래도 어려운 일일 수밖에 없었다.

"하나 특별한 경우에는 나서실 수도 있는 것 아닙니까?"

정범은 당황했다.

그가 나서면 불화(不和)가 크게 일 수 있다.

하나 최소 사조 급으로 보이는 영 노야가 나선다면 작은 불화로도 그칠 수 있는 일이다.

정범의 입장에서는 도저히 이해가 안 되는 일이었다.

"이미 너를 앞에 둔 마당에 할 이야기는 아니다만, 본래 속세와 모든 인연을 끊겠다고 다짐한 몸이다. 이제 와서 다시 세상에 나서면 많은 문제가 생길 수밖에 없어. 단순히 자존심 같은 문제가 아니다. 세상에는 네가 알지 못하는, 보지 못하는 수많은 사연이 있지. 내 일도 그중 하나라고 생각해 주면 고맙겠구나."

무섭게 자신을 몰아치기만 하던 영 노야의 간절한 부탁에, 정범은 쓴 신음을 흘리며 고개를 주억였다.

"알겠습니다."

영 노야쯤 되는 인물이 이렇게까지 부탁한다는 것은, 분명 사연이 있음이다. 굳이 캐묻지 않은 것은, 영 노야가 정범에게 더 이상 깊은 사정을 묻지 않았던 일에 대한 예우 표현이다.

게다가 본래는 자신이 하려 했던 일 아닌가?

이제 와서 크게 달라질 것도 없는 셈이다.

"고맙구나, 고마워. 대신이라고 하긴 뭐하지만, 작은 선물을 하나 주마."

"선물이요?"

"해공비검."

그러고 보니 영 노야가 정범에게 했던 질문이었다.

해공비검을 어디서 익혔느냐?

정범으로서는 전혀 짐작조차 안 가는 말이었다.

"네가 마지막에 펼친 그 검공은 얼마 전 내가 창안한 궁극의 신검(神劍)이다. 해서 처음 네가 어수룩하게나마 그 검공을 펼쳤을 때에는 너무나 놀랐지. 아이야, 어찌 해공비검을 알았는지 설명해 줄 수 있겠느냐?"

"그저…… 길을 따랐을 뿐입니다."

영 노야의 질문에, 고심 깊은 정범의 답이 흘러나왔다.

마지막, 그 일격은 그야말로 빛살과도 같이 스쳐 지나간 짧은 깨달음을 표현해 낸 것뿐이었다.

지금에 와서 생각하면 본인이 생각하기에도 최고라 할

수 있는 검기를 손 보였다.

영 노야라는 큰 산 앞에서는 그저 무력하게 무너졌지만, 그 외의 인물이었다면 누구라도 쓰러트릴 수 있을 것 같은 자신감이 들 정도였다.

"그저 길을 따랐다?"

"바다를 헤엄쳐서 건너왔습니다. 그때 느꼈던 길입니다. 계속해서 움틀대는 물결과 파도, 바다라는 넓은 틀이 주는 해방감과 무거운 중압감."

정말 모든 감정이 그 검격 한 번에 담겨 있었다.

이제 와 생각해 보니 짧은 시간에 해낸 것치고는 대단한 성과가 아닌가?

하나 정범을 보는 영 노야의 충격은 고작 그 정도가 아니었다.

'이건 또 무슨 괴물이란 말인가?'

고작 한 번 헤엄쳤을 뿐인데, 바다의 길을 읽었다고?

심지어 그 깊이를 해석하여 하나의 검공으로까지 펼쳐냈다. 그것도 평생을 바다를 보고 살아온 자신이 말년에나 힘겹게 완성한 해공비검과 닮은 검을 말이다.

"대단하구나."

내심 터져 나오는 감탄을 최대한 억누른 영 노야의 칭찬이 흘러나왔다.

"하나, 아직 완성된 형태는 아니다. 언젠가 네 것이 될 것이기는 하나. 내가 그 시기를 앞당겨 주마. 올바른 해공비검을 익힌 후, 너만의 길을 개척하면 네 검이 곧 바다니…… 가히 천하일절(天下一節)이라 뽑히기에 부족함이 없지 않겠느냐?"

"그 말씀은?"

길게 물을 필요도 없었다.

무공을 전수해 준다.

다른 이도 아닌, 마노 등과 어깨를 나란히 하는 인외천 고수의 가르침이다.

"해공비검을 완전히 네 것으로 만들어 주마. 지금부터 보름 정도의 시간만 내게 주면……."

"죄송하지만, 조금만 기다려 주시면 안 되겠습니까?"

정범의 얼굴에 난색이 어렸다.

영 노야와 같은 인외천 고수의 가르침을 받는 것은 어렵다. 결코 작은 기회가 아니다.

기연이라 하기에도 모자람이 없는 일인 것이다.

하나 당장 그 기연을 받아들일 시간이 없었다.

"응?"

"식량 문제 말고도, 또 다른 사건이 있습니다. 조금이라도 빨리 해왕문주와 결론을 내려야 합니다. 죄송합니다."

"양민을 생각하는 네 올곧은 마음이 기껍기만 하거늘, 미안할 것이 어찌 있겠느냐. 게다가 내 사문의 실책까지 바로잡아 줄 테니 오히려 내가 고마울 일이다. 부탁하마."

입가로 웃음을 지은 영 노야가 말했다.

* * *

영 노야가 준 검은 약은 유난히 썼다.

그래서 그런 것일까?

고작 반나절도 되지 않아 완전히 몸 상태를 회복한 정범이 몸을 일으켰다.

제법 큰 내상을 입었었는데, 그러한 상처가 흔적도 없이 말끔히 치유되었다. 아니, 오히려 조금이지만 내력까지 는 것 같았다.

"노야께서 주신 약이 보통 약이 아니군요."

놀란 정범의 물음에, 가볍게 눈길을 준 영 노야가 웃어 보였다.

"부담스러워는 말거라. 네 말대로 내가 준 병 내가 고쳐 준 것뿐이니 말이다."

"그럼 편안히 받아들이겠습니다."

정범의 작은 말에, 고개를 주억인 영 노야가 말했다.

"영악한 놈."

"칭찬으로 받아들이겠습니다."

"칭찬이지. 처음 보았을 때는 고지식하다고만 생각했는데, 그런 영악함이 있어 더 보기 좋다. 강호란 곳이 그저 고지식하기만 하면 죽기 딱 좋은 곳이거든."

"조언 감사합니다."

"조언은 무슨. 어서 다녀오거라. 해야 할 일이 많아."

영 노야의 말에, 웃음을 보인 정범이 자신의 발아래를 바라보았다. 크나큰 해왕도가 한눈에 보이는 깎아지른 절벽이 그의 심장을 뒤흔들었다.

'운보가 없었다면 빠져나갈 생각도 못 했겠어.'

당연한 말이지만, 돌아오는 것 역시 꿈도 못 꾸었을 터다.

"그러면, 다녀오겠습니다."

새삼스레 이런 절벽 내부에 주거환경을 만들어 놓은 영 노야의 무공에 감탄한 정범이, 짧은 인사를 끝으로 망설임 없이 절벽 아래로 뛰어내렸다.

바람의 기운을 읽으며 허공을 내딛는 그의 보법을 보던 영 노야의 눈에 이채가 어렸다.

바다를 따르는 것과 같은 검공을 보여주더니, 보법은 곧 바람과 구름을 닮아 있다.

저러한 재주는 영 노야조차도 없는 것이었다.

'아이야, 너는 모를게다. 세상 만물의 기운을 모두 읽고 따를 수 있는 것이야말로 네가 가진 가장 큰 재능. 정녕 자연 모두를 네 편으로만 만들 수 있다면……'

단순히 천하일절로 그치지 않을 것이다.

천하무적(天下無敵).

짧지 않은 강호의 역사에서, 천하제일의 고수는 늘 하나씩 존재해 왔다.

하나 그들 중 천하무적이라 불릴 수 있던 고수는 또 손가락으로 뽑는 몇 뿐이다.

천하제일은 그 강호에서 가장 강한 인물.

하나 언제든 적이 생겨 그의 목에 검을 겨눌 수 있다.

천하무적은 다르다.

그야말로 무적(無敵)!

누구도 감히 그에게 검을 들이밀 수 없다.

적이란 존재하지 않는다.

'어쩌면…… 너로 인해 정체되어 있던 비강호(秘江湖)가 요동칠 수도 있겠구나. 허허!'

비강호.

강호 속에 숨은 채 살아가는 또 다른 강호를 떠올린 영 노야의 눈에 묘한 웃음이 번졌다.

第五章

해왕문

가파른 절벽에서 뛰어내리는 경험은 정범에게 있어 또
다른 경험이었다.

'기운이 흐르는 속도가 너무 빨라. 게다가 바람에 의해
변화마저 막측하니……'

정녕 운보가 없었다면 그저 뛰어내린 것만으로도 죽게
되었을지 모를 일이다.

하나, 지금의 정범에게는 다행히 운보가 있다.

다양한 변화와 빠른 속도는 기괴망측하다고까지 할 수
있을 정도지만 그 사이로도 흐름은 분명히 있다. 구름처럼
흘러가는 정범의 운보는 자연스레 그 흐름을 타고 지상으

로 이어졌다.

탁—!

작은 발소리와 함께, 평안하게 지면에 도착한 정범의 눈이 반짝 빛났다.

'그렇다 해도 저런 기운의 흐름을 마냥 모른 척할 수만도 없지.'

빠르고, 변화막측하다.

그야말로 바람.

보법보다는 신법(迅法)에 어울리는 기운이다.

'풍보(風步).'

운보에 이어, 새로이 깨닫게 된 흐름을 이용한 정범의 몸이 그야말로 바람과 같이 앞으로 나아갔다.

슈슉—!

"방금 뭐가 지나가지 않았나?"

"바람 말인가?"

"아니, 그보다는 훨씬 무거운 느낌이었는데⋯⋯."

"태풍 때문에 너무 겁먹은 거 아니야?"

"그런가 보네. 하하."

해왕문의 하급 무사 둘이 곁을 스쳐 지나가는 바람에 깜짝 놀라 짧은 대화를 이었다.

아무리 하급 무사라지만, 신형조차 보지 못할 정도의 속도로 움직이는 정범은 그야말로 신출귀몰하게 문주전을 향해 나아갔다.

아무리 그렇다고 하여도 완전한 바람이 되지 않는 한 해왕문 상급 무사들의 눈까지 피해 갈 수는 없는 노릇이었다.

"놈이다! 어젯밤 그놈이 나타났다!"

"놈이 문주전을 향한다! 잡아!"

전날 밤, 갑작스럽게 사라진 정범 탓에 경계에 여전히 촉각을 세우고 있던 해왕문 무인들이 순식간에 이동하기 시작했다.

하나 쾌속(快速)으로 움직이는 정범을 쫓기에는 무리가 많았다.

굳이 운보를 이용해 빠져나갈 필요도 없었다.

상급 무사도 볼 수만 있었을 뿐, 따를 수는 없다.

정범은 그야말로 한 줄기 바람이 되어 순식간에 문주전 앞에 이르렀다.

"이놈이, 감히 여기가 어디라고!"

이미 경고를 듣고 눈알을 부라리고 있던 해왕문의 진짜 고수들이 문주전 내부에서 튀어나와 정범의 앞을 단숨에 가로막았다.

이후 정범의 모습을 확인조차 제대로 하지 않은 채 검기를 펼쳐 낸다.

순식간에, 앞으로 나아갈 틈을 모두 막아버린 해왕문 고수들의 두 눈에 힘이 어렸다.

　범상치 않은 침입자지만, 결국 이 벽을 넘어설 수 없다.

　그런 자신감이 어린 눈빛이었다.

　확실히, 해왕문 고수들의 합공은 대단했다. 미리 준비했다고밖에 생각할 수 없을 정도의 반응과 속도는, 아직은 미숙한 풍보로 앞서가기에는 무리가 많았다. 결국 정범은 문주전의 담장을 넘기 전에 풍보를 멈추어야만 했다.

　'무리해서 들어가려 했으면 온몸이 갈가리 찢어졌을 거야.'

　온 힘을 다해 합공해 오는 해왕문 고수들의 검기는 하나의 막(膜)을 형성한 채 정범을 공격해 왔다. 내리치는 파도를 닮은, 해왕문에게 참으로 어울리는 검진(劍陣)이다. 실제로 정범에게 큰 위협이 되는 것도 사실이었다.

　'우습게 보지는 않는단 거지.'

　전력을 다하는 해왕문 고수들의 합공에 내심 혀를 내두른 정범의 움직임이 바뀌었다.

　풍보로 지나칠 수는 없지만, 운보라면 이야기가 다르다.

　"……!?"

　문답무용.

　아무런 말도 묻지 않은 채 기세를 몰아, 단숨에 정범을 베려던 해왕문 고수들의 눈이 단숨에 부릅뜨였다.

한 줄기 떠다니는 구름이 된 정범의 움직임이 촘촘한 검기의 막 사이조차 자연스럽게 지나가 버린다.

그저 걷듯이, 하지만 유유하게 흘러가는 정범의 움직임은 해왕문의 내로라하는 고수이자, 문주의 수호대인 해월검대(海越劍隊)마저도 넋을 잃게 만들었다.

"이만 나오시지요."

그렇게 해월검대를 지나, 당당히 쓰인 해왕문 문주전(門主殿)의 현문 앞에선 정범이 나직이 말했다.

이만한 소란이 일었는데, 문주라 하여 자리에 엉덩이만 붙이고 있을 리는 없다.

그러한 정범의 부름에 화답이라도 하듯, 문주전의 문이 천천히 열렸다.

"문주님!"

"위험합니다!"

정범이라는 습격자를 막지 못한 것에 당황하던 해월검대의 무인들이 다급한 목소리로 외치며 다시금 몸을 날렸다. 여차하면 목숨으로라도 문주를 지키겠다는 의지를 엿비친 것이다.

"그만."

그런 해월검대를 멈춘 것은 예상외의 목소리였다.

정갈하게 정돈된 모습에, 점잖은 인상을 한 중년인인 해왕문주 백청(白靑)이 손을 들어 올린 채로 정범을 바라본다. 차분하게 가라앉은 두 눈동자에 정범은 내심 감탄을 감출 수가 없었다.

'해왕문주, 생각보다 그릇이 큰 사람 같구나.'

어찌 보자면 위협으로 가득한, 목숨이 위험한 상황일진대 떨림이 없다.

그렇다고 굽힘이 보이는 것도 아니다.

한 문파의 수장답게 당당히 고개를 든 백청은 정범이라는 사람을 그저 주시하고 있을 뿐이었다.

"우선 손님의 존성대명을 들을 수 있겠소?"

차분한 백청의 목소리에, 곧바로 포권을 취하며 살짝 고개를 숙인 정범이 말했다.

"본인은 정범이라고 합니다."

"정범? 실례지만 처음 들어 본 이름이라 그런데, 별호는 없으신게요?"

"아직 강호초출(江湖初出)인지라 이렇다 할 명성이 없습니다."

"허…… 강호에 신성(新星)이 나타났구나."

젊은 정범의 외모에, 혹여 전설로만 듣던 반로환동의 고수가 아닐까 의심하던 백청은 감탄을 터트렸다. 아직 별호도 없는 강호초출의 무인이 청주제일이라 불리는 해왕문을 홀로 흔들어 놓고 있다. 누군가에게 말한다 한들 쉽게 믿을 이야기도 아니었다.

"하면 그대와 같은 강호의 신성이 어찌하여 우리 해왕문에 침입해 이런 사달을 벌였을꼬?"

"처음 대문에서도 이야기하였지만, 문주님과 이야기를 나누고 싶었을 뿐입니다."

"나와 대화를?"

백청의 눈이 반짝 빛을 흘렸다.

그가 목숨을 던져 막으려는 해월검대를 제지한 이유는 간단했다.

정범은 애초부터 그가 이곳에서 기다리고 있다는 것을 알았다. 마음먹고 베려고 했다면 해월검대가 손 쓸 틈조차 없을 신위를 보여주었을 것이다. 하지만 정범은 그저 조용히 백청을 불러내었을 뿐이다.

적어도 살의(殺意)는 없다.

그렇다면 무작정 검으로 부딪치기보다는 말로 풀어나가는 것이 좋은 법이라 생각했기 때문이었다.

"예. 조금 긴 이야기가 될 수도 있습니다만……."

정범의 눈이 주변을 훑었다.

자리가 좋지 않다.

침입자의 입장에 서, 현재 해왕문을 꾸짖는 것과 다름없는 말을 공개적으로 하기는 아무래도 신경이 쓰일 수밖에 없었다. 나름대로 해왕문주의 얼굴을 보고 배려한 행위인 것이다.

"흠……."

백청이 짧은 수염을 쓰다듬으며 신음을 흘렸다.

"네 이놈! 어디서 간교한 혀로 문주님을 농락하려 드느냐!"

그 틈새를 비집고, 어느덧 주변까지 다가온 황철중이 허공을 도약해 백청의 앞을 가로막았다.

처음에는 정범이 해왕문을 무시했다는 생각에 화가 나 검을 뽑았다. 한데 상황을 보고, 분위기를 보아하니 그러한 문제를 따질 때가 아니었다.

'문주께서는 바깥의 상황을 잘 모르고 계신다.'

해왕문도 중 외부 활동을 하는 외당, 그중에서도 가장 잦은 외출을 하는 곳이 바로 그가 이끄는 해룡검단이다. 작금 해왕문주가 외부의 상황을 모르고 있는 것은 황철중과 해룡검단이 눈과 귀를 가린 덕이 컸다. 만약 이러한 사실이 알려진다면 그의 입장에서도 곤란해질 수밖에 없는 노릇인 것이다.

'당주님, 이를 어찌합니까?'

황철중의 빠른 시선이, 백청의 뒤편에 위치한 해왕문 외당의 당주(黨主)인 사호용에게로 향했다.

양민들을 아끼는 마음이 강한 현 문주, 백청에게 외부의 상황이 귀에 들어가게 된다면 해왕문의 허리띠를 졸라매게 될 것이라며, 눈과 귀를 가리라고 명한 인물이 바로 그다.

양민을 돕더라도 일단은 우리부터 살아야 되지 않겠냐는 것이 그의 의견이었고, 황철중 역시 어느 정도 동의하는 바가 있기에 뜻을 따른 셈이다.

작금의 상황에 이르러서는 그러한 계획이 독이 되어 돌아왔지만, 분명 그 덕에 작금의 해왕문이 빠른 속도로 회복세에 들어서고 있던 것만은 사실이었다.

"간교한 혀를 놀리려는 것이 아니라 사실을 전하고 싶을 뿐입니다. 선배께서는 어찌하여 계속 제 앞을 막으신단 말입니까?"

조금 노한 듯한 정범의 목소리에, 살며시 시선을 회피하는 사호용을 바라보며 이를 갈던 황철중의 몸이 흠칫 떨렸다. 허나 곧 그는 더욱 목소리를 높여 나갔다.

"무슨 헛소리냐! 오히려 네가 내 앞을 가로막은 것이 아니더냐! 대체 우리 해왕문에 무슨 원한이 있어……."

"해룡검단주."

정범이 무슨 말을 하기도 전, 듣고만 있던 백청이 다시 한 번 나섰다.

"우선 이야기를 들어 보고 결정해도 될 일입니다."

"허, 허나 문주님!"

"어허!"

다급한 황철중의 음색을 잘라 버린 백청이 다시금 앞으로 나섰다.

"알겠습니다. 지금부터 손님으로서 예우를 해드릴 테니 일단 안으로 드시지요. 바깥바람이 많이 차갑습니다."

"문주님!"

"말도 안 됩니다!"

백청의 결단에 놀란 것은 비단 황철중만이 아니었다.

하룻밤이 넘는 시간 동안 해왕문을 뒤흔든 정범이다.

경고를 무시하고 무단침입 하였으며, 해왕문에 있어 제일 중요한 요지라 볼 수 있는 문주전까지 파죽지세로 밀고 들어왔다. 손님이 아니라 대적(大賊)으로 삼아야 될 상황인 것이다.

한데 백청이 그러한 정범을 손님으로 받아들이겠다 선언하였다.

해왕문도 대부분이 머리 위를 누군가 망치로 내려친 듯한 표정을 지었다.

물론, 그렇지 않은 인물들도 몇 존재했다.

"하면 누가 나서서 지금 눈앞의 저 청년을 막겠는가? 무

엇보다 문주님의 결단이다. 더 이상의 반문은 용납하지 않
겠다."

청색 무복에, 양 허리춤에 두 자루의 검을 찬 중년인이
앞으로 나서며 말하자, 해왕문도들의 수군거림이 더욱 증
폭됐다. 하나 더 이상 문주를 향한 반문은 없었다. 황철중
마저도 어찌할 바를 모른 채 입술만 오므렸다, 폈다 하며
결국 말을 삼킬 뿐이다.

그도 그럴 게 평소 입을 여는 일이 잘 없는 인물이 앞으
로 나섰다. 그런 그가 해왕문 전체에서 세 손가락 안의 영
향력을 행사하는 해왕제일검(海王第一劍) 소용군이라면 더
말할 것도 없었다.

무공으로서는 해왕문 제일이라 불리는 그가 누가 있어
정범을 막겠냐고 질문했다.

그 말은 곧, 본인도 자신이 없다는 것을 인정한 것이나
다름없었다.

정범이 젊은 나이라는 것이 믿기지 않는 대단한 무위를
뽐내고 있지만, 소용군이 나선다면 괜찮을 것이라 믿고 있
던 해왕문도들에게 있어서는 충격적인 이야기였다.

그런 문도들을 바라보며, 짧은 신음을 흘린 백청이 쓴웃
음을 지은 채 정범을 향해 말했다.

"일단 안으로 드시지요."

"감사합니다."

정범이 다시 한 번 고개 숙여 인사를 건넸다.

*　　　*　　　*

백청은 정범을 손님으로 모시겠다는 것이 허언이 아니라는 걸 보여주듯, 문주전 내부에 정범의 방을 마련해 주었다. 언제든 정범이 위협을 가하려면 가할 수 있는 거리를 선뜻 내준 백청의 대범함은 대단하다고밖에 표현할 수 없는 것이었다.

이후 잠시 장로들과의 회의를 하겠다며 나섰던 백청이 돌아온 것은 채 이각이 지나기도 전이었다. 웃는 낯으로, 정범이 자리 잡은 방 내부로 들어선 백청이 편안한 모습으로 정범의 건너편에 앉았다.

"기다리게 해서 죄송합니다."

"아닙니다. 오랜 시간이 걸리지도 않았는걸요."

장로 회의란 것이, 쓸데없는 이야기가 많이 오가는 편이라지만 결코 그 시간이 짧지는 않다. 특히 지금과 같이 논란이 큰 문제가 생겼을 때에는 더욱 길어지기도 하는 법이다. 한데 백청은 짧은 시간 내에 그러한 상황을 모두 정리하고 정범에게로 돌아왔다.

'생각보다 영향력도 크다.'

실질적으로 해왕문에 영향력을 행사하는 인물들 모두 백청을 따르고 있지 않는 한 불가능한 일. 바깥에서 일반 해왕문도들에게 보인 모습은 그야말로 단면에 불과할지도 몰랐다.

하나 그러한 정범의 생각보다도 백청이 가진 영향력은 더욱 대단한 것이었다.

"그러면 어디서부터 이야기해야 할까…… 우선 실례지만, 정 공자가 이야기하고자 하는 것이 무엇일지 조금은 듣고 왔습니다."

"들으셨다고요?"

놀란 정범이 되물었다.

"예. 장로 회의에 들어간 지 얼마 되지 않아, 외당주께서 모든 사실을 말씀해 주시더군요."

"허……."

그렇다면 이각이란 시간은 사태를 정리하기 위해 소모된 시간이 아니란 뜻이었다. 이미 백청이 결론을 내린 순간 수뇌부들 사이에서는 논란의 여지가 사라졌다. 다만 현재 왜 이런 상황이 왔는지 이야기를 나눌 시간이 필요했을 뿐이다.

"하면 외당주께서는 바깥 상황을 모두 알고 계셨단 말씀이십니까?"

질문을 하는 정범의 입가에 쓴웃음이 떠올랐다.

해왕문 내부의 상황이 너무 좋지 않아 외당마저 바깥일을 신경 쓸 여유가 없다고 생각했다. 한데 외당주 스스로 모든 일을 보고했다고 하는 것은, 이미 모든 상황을 알고 있었다는 뜻이 된다. 물론 어쩔 수 없는 상황이란 것을 빌미로 들었겠지만, 결국 본인들이 힘들어지니 양민들을 외면했다는 것만은 사실인 셈이다.

"부끄러운 일이지요. 아무리 힘들다 한들 정도 문파로서 어찌 양민들을 돕지는 못할망정 괴롭힐 수 있단 말입니까."

백청의 얼굴에도, 정범과 같은 웃음이 번졌다.

문파의 치부를 외부인에게 당당히 떠든 것과 마찬가지니, 오히려 문주인 그가 느끼는 상심이 더 큰 게 당연할지도 몰랐다.

"모두 제 탓이지요. 그간 너무 마음을 놓고 있었던 것 같습니다."

자연스럽게 문주에 오르고, 공고히 지지 기반을 다진 후 누구보다도 안정적으로 문파를 운영하고 있던 백청이었다. 그런 만큼 장로를 비롯한 지휘부들도 그의 말을 잘 따라주었고, 서로를 신뢰로 묶은 막힘없는 시간들을 보냈었다. 한데 문파에 위기가 찾아오자 생각지도 못했던 일이 벌어졌다.

설마하니 외부를 향하는 눈과 귀가 막히고, 가려질지는 상상도 못 했던 백청의 입 안에 쓴맛이 감돌았다.

"결과가 어찌 되었든, 저 본인의 탓입니다. 외당의 일이라 하여 외면할 것이 아니라 스스로 더 신경 썼어야 옳은 것이었겠지요. 이거 정 공자께 할 말이 없습니다그려."

"아닙니다. 저를 신경 쓰실 것이 뭐가 있겠습니까. 그저 양민들의 힘든 삶을 조금 이해해 주셨으면 할 따름입니다."

백청의 차분한 모습에, 어찌 되었든 일이 잘 풀렸다 생각한 정범의 입가로도 미소가 번졌다.

"나름대로 신경 쓴다고 외부로부터 오는 길을 막은 것이 오히려 화가 되었으니 원⋯⋯."

"문주께서는 괜한 믿음이 깨어질까 두려우셨던 거군요?"

정범의 물음에, 백청이 고개를 주억였다.

"맞습니다. 해왕문은 청주 일대를 지키는 수호문(守護門)입니다. 그런 문파가 태풍에 당했다고 하여 피폐한 모습을 보인다면 양민들의 마음에 근심이 들겠지요. 때문에 문을 잠갔던 건데, 모자란 판단이 독(毒)이 되었군요."

"문주님의 마음은 그르지 않았습니다. 다만 판단은 확실히 좋지 않았군요. 아무리 공고히 다져진 문파라 하여도 소통(疏通)을 막으면 망조(亡兆)가 들기 마련. 위대하신 황제 폐하께서 정정하셨을 당시, 양민들의 목소리를 듣고자 신문청(申聞廳)에 누구보다 귀를 기울이셨음을 잊지 않으셨으면 합니다."

정범의 말은 일문의 문주에게 있어 과하다고 할 정도로 직설적이었다. 대놓고 면박을 주는 일이니, 아무리 사람 좋은 백청이라 하여도 화가 날 법한 일이다.

하나 백청은 생각보다 그릇이 더 큰 인물이었다.

"옳은 말씀이십니다. 보고 배운 것이 있거늘, 수호문이라는 짐에 눌려 고집만 부린 셈이지요. 안 그래도 방금 전, 다시 섬으로 향하는 문을 모두 개방하고 주변 어촌 주민들에게 왕래를 잇고자 연락하라고 일렀습니다."

"잘하셨습니다. 아주 훌륭한 판단이십니다."

짧은 시간 내에 이루어진 백청의 깔끔한 일 처리에 입가로 활짝 핀 미소를 보인 정범이 박수를 쳤다.

'영 노야께서는 처음부터 이 모든 걸 알고 계셨던 것이 아닐까?'

영 노야는 스스로 세속과 인연을 끊은 몸이니 정범에게 사문의 일을 부탁한다 하였다. 하나 그것이 말처럼 쉽지만은 않다고도 생각했을 게 당연하다. 그럼에도 불구하고 정범에게 일을 맡긴 것은 처음부터 이러한 상황을 예상했기 때문이라는 생각이 들었다.

'나를 믿는 게 아니라, 백 문주님을 믿었던 것인가.'

어쩌면 둘 모두일지도 모르지만, 덕분에 일이 생각보다 몇 배는 수월하게 풀린 것만은 분명한 사실이었다.

"하지만 고민이 없는 것은 또 아닙니다. 외적이 날뛰고 있는 상황도 상황이지만, 당장 우리 모두가 먹을 음식조차 부족하니……."

"부족하면 함께 거들면 되지 않겠습니까."

"함께 말입니까?"

웃음 서린 정범의 말에 백청이 의아한 표정을 지었다.

"무인이라 하여 그물을 끌지 못하는 것도 아니고, 낚싯대를 기울이지 않는 것 또한 아닙니다. 그저 허리에 검 한 자루 찼다고 하여 먹을 입만 남고, 일할 손이 없어지는 것은 아니지 않습니까?"

"아……!"

이번엔 백청이 정범을 향해 감탄의 박수를 쳤다.

그 말이 옳다.

애초부터 힘들면, 모두가 함께 거들어 일을 해 나가면 될 뿐이다.

비록 평생 검을 지고 산 이들이니만큼 어촌의 어부들만큼은 못하지만, 뒷짐만 지고 있는 것보다는 나으리라. 무엇보다 해왕문에는 일반 어촌 주민들에게는 없는 거대한 범선 또한 존재했다.

"바다에 대해 잘은 모릅니다. 하지만 범선을 끌고 어부들과 함께 더 넓은 바다로 나아가면 또 답이 있지 않겠습니까?"

"맞습니다. 맞아요. 정 공자, 아니 정 소협의 말이 맞습니다. 제 눈이 어둡고, 생각이 좁아 간단한 일조차 생각을 못 했었습니다!"

흥분을 감추지 못한 채 자리에서 벌떡 일어난 백청이 정범을 향해 탄성을 토했다.

"소협이라니요. 당치도 않는 말씀이십니다. 그저 이 전처럼 공자라고 불러주시는 것만 해도 이미……"

"아닙니다. 모두가 망설일 때 양민을 위해 나서고, 힘든 일을 마다하지 않고 제게 찾아와 이리 길을 알려주신 정 소협이 소협이라 불리지 않으면 누가 협객(俠客)이라고 지칭할 수 있겠습니까?"

"하, 하지만 문주님."

생각지 못한 백청의 과분한 칭찬에, 부끄러움을 느낀 정범의 얼굴이 붉게 달아올랐다.

물론 기분이 나쁜 것은 아니었다.

언제나 그렇듯 협객이라는 말을 듣는 것은 기분이 좋다.

다만 아직 본인이 그런 대단한 단어를 등에 업을 만큼 뛰어난 사람이라고는 생각지 않았다.

"부담 가지지 말고 편히 마음먹으세요. 정 소협은 분명 자격이 있는 사람입니다. 이 백 모, 아무에게나 소협이라 부르는 그런 인물은 아닙니다. 하하!"

자신의 가슴을 텅텅 두들긴 백청이 호탕한 웃음을 터트렸다.

*　　*　　*

백청과의 대화를 끝낸 이후, 정범은 가벼운 마음으로 해왕문을 떠났다.

본래라면 영 노야와의 약속을 지키기 위해 돌아가는 것이 옳았으나, 정범의 발걸음은 절벽 위 영 노야의 은거처가 아닌 어촌 마을로 향했다.

'노야는 조금 이따가 뵈어도 돼.'

지금은 이 기쁜 소식을 어촌 마을에 전해야 한다.

또한 해왕문이 준비가 될 때까지 언제 찾아올지 모르는 외적의 위협에 대비해야만 했다.

무엇보다, 느낌이 너무 좋지 않았다.

해왕문이 마음먹고 나서기로 했으니 불안감이 털어질 만

도 하건만, 알 수 없는 위화감이 계속해서 정범을 휘감고 있는 채였다.

때문에 더욱 걸음을 재촉한 정범이 해왕문의 배를 탄 채 소해촌으로 향했다.

백청은 그렇게 다급히 떠나는 정범의 뒷모습을 끝까지 지켜보았다.

해왕문과 같은 거대 문파의 문주가 일개 무인에게 갖추는 예우치고는 과하다.

문내에서 소란이 없는 것은 아니지만, 문주인 백청이 정범을 자신과 같이 대하라 하였으니 그를 입 밖으로 소리 내어 말하는 이는 없었다.

그렇게 정범이 완연히 떠나간 후, 뒤를 따르는 소용군과 함께 문주전으로 돌아온 백청이 물었다.

"소 사제 생각에도 내가 과한 것 같은가?"

"……."

소용군은 말이 없었다.

그는 해왕제일검이라 불리지만, 해왕문도기도 했다. 또한 현재 문주인 백청의 사제였다. 누구보다 사형을 믿고, 따르기에 그를 지지하였고 아무런 불만도 표출하지 않았다. 하지만 마음속 응어리까지 하나도 없는 것은 아니었다.

"하하, 말이 없는 것을 보니 그리 생각하고 있나 보군."

"아닙니다. 문주님의 깊은 뜻을 제가 헤아릴 수 없을 뿐이겠지요."

"깊은 뜻이라…… 제 좁은 생각에 갇혀 간단한 물길도 보지 못하던 아둔한 놈에게 깊은 뜻은 무슨. 그래, 소 사제가 본 정 소협은 어떤 인물이던가?"

본인의 생각을 이야기해 줄 듯하더니, 오히려 되물어온다.

소용군의 눈에 잠시 고민이 어렸다.

하나 몇 번을 생각해도 나오는 대답은 단 하나뿐이다.

"강한 무인입니다."

"강하지. 강하고말고."

처음 현문을 열고 정범을 보았을 때, 백청은 알 수 없는 전율(戰慄)을 느꼈다. 그저 서 있는 것뿐임에도 불구하고 수많은 해왕문도들 사이에서 홀로 고고한 그 자태는, 이제는 잃어버린 해왕문의 투신(鬪神)을 떠올리게 할 정도였다.

'그분이라면 분명 아직도 정정하게 살아 계실 것도 같은데…… 모습을 뵌 지 십 년이 넘어가니 알 수가 없구먼.'

작은 체격을 가졌지만, 그 누구보다도 강인하고 사내다웠던 얼굴을 떠올린 백청의 입가로는 절로 미소가 번졌다. 십 년이나 못 보았지만 확신할 수 있었다. 그가 기억하는 해왕의 투신은 아직 살아 있다.

지금은 모습을 감추고 있지만, 해왕문에 감당할 수 없는 위기가 찾아온다면 그 모습을 볼 수 있으리라.

'물론 그런 날이 있어서는 안 되겠지.'

두 번의 태풍 속에서도 모습을 보지 못한 어른이다.

그보다 더한 위기가 찾아온다면, 그야말로 멸문(滅門)의 위기일 터니, 차라리 그리워도 보고픈 얼굴을 못 보는 것이 나을 터였다.

"……다음에 본다면, 꼭 한번 대련을 해보고 싶더군요."

백청이 누군가의 얼굴을 그리워하는 사이, 소용군이 작은 울림을 토하는 허리춤의 쌍검(雙劍)을 쓰다듬으며 말한다.

"승산은 얼마나 있다고 보는가?"

백청이 짓궂은 표정으로 물었다.

"붙어보기 전에는 모르는 법입니다."

돌아온 소용군의 대답은 확신에 가득 차 있었다.

무인이란 말로 싸우는 것이 아니다.

눈빛과 행동으로 그러한 의지를 확고히 보여주는 소용군의 모습에, 가슴 한편이 듬직해짐을 느낀 백청의 마음에 아쉬움이 어렸다.

'지금이야 어르신께서 계신다지만, 그분도 불로불사(不老不死)는 아닐 터. 뒤를 잇는다면 사제 같은 이여야 할 텐데……'

소용군에게는 미안한 말이지만, 아직 그는 젊은 시절의 투신에 비하자면 조금 모자란 편이었다. 그 간격이 크지 않다고는 하지만, 어느 순간 때가 되면 좁힐 수 없이 벌어질 수도 있을 터. 거기까지 생각한 후, 문득 떠오른 정범의 얼굴에 백청은 또다시 웃음을 터트릴 수밖에 없었다.

"하하하!"

"문주……?"

"아니아니, 미안하네. 사제. 자네는 과하다고 생각할지 모르겠지만 말이야. 왠지 내 느낌에는 그 젊은 소협이 이 강호 판을 크게 뒤흔들 것 같단 말일세. 어쩌면 이 인연이 우리 해왕문에게 있어 큰 기회일지도 모른다, 뭐 그런 느낌이 들어서 말일세. 하하."

마지막 말을 할 때에, 의아해하는 소용군의 얼굴을 은은한 눈길로 바라본 백청이 말했다.

"다음에 정 소협이 오면, 내 필히 사제와의 대련을 부탁하도록 하겠네."

워낙 경황이 없던 만남이었고, 직후로는 정범이 워낙 빠르게 떠난 탓에 마지막까지 말문을 열지 못했던 소용군의 입가로 미소가 번졌다.

"꼭 부탁드리겠습니다."

第六章

재회

떠날 때는 마을 청년들이 노를 젓는 작은 배를 타고 갔던 정범이, 돌아올 때는 커다란 해왕문의 범선과 함께였다. 분위기만으로 정범이 자신들의 바람을 이루어 주었음을 직감한 소해촌 주민들은 환호성으로 범선을 맞았다.

"와아아―!"

"해왕문 만세!"

"정 소협 만세!"

범선의 갑판에서 걸어 내려오던 도중, 갑작스럽게 이어진 주민들의 외침에 정범의 어안이 벙벙해졌다. 굳이 그뿐만이 아니라, 정범을 모시라 임무를 받았던 해왕문의 무인들과, 승무원들까지도 기묘한 표정을 지었다.

'이것 참…… 그저 외치는 것뿐인 목소리가 이런 감동을 줄 수도 있다니.'

정범이 제일 처음 느낀 감정은 감동이었다.

뒤를 따르는 것은 민망함이다.

반면 해왕문 무인들과, 승무원들이 얻은 감정은 달랐다.

그들은 정도 문파의 무인으로서 언제나 이러한 환성을 들어왔었다.

백청의 지시에 따라 늘 베풀었고, 양민들과 함께하려 했기에 얻을 수 있던 목소리다.

하지만 태풍이 지나고, 힘겨운 시절을 견디는 동안 저도 모르게 그 목소리를 잊었다. 이들의 진심을 외면했다. 그렇다 보니 가장 먼저 든 생각은 미안함이었다.

말 많은 결단이었지만, 결국 이번에도 문주인 백청이 옳았다는 생각이 절로 들었다.

"하면, 내일 중 다시 찾아뵙도록 하겠습니다. 정 소협."

물러난 황철중을 대신해, 해룡검단의 임시단주를 맡게 된 무인이 정범을 향해 정중히 인사하며 말했다. 그에 손사래를 치며 소협이라는 호칭을 거절하려던 정범은, 이내 말 없이 헛웃음을 보였다.

'이제는 거부하는 것도 민망하군.'

근래 들어 가장 많이 한 말이 있다면 자신을 소협이라 부르지 말라는 것이었다.

몇 번이고 입 아프게 말하여도 다시 되돌아오는 말이니, 어쩌면 겸허히 받아들여야 할지도 모른다는 생각도 들었다.

'그래. 내가 부족한 것이지. 남들이 과장하는 것은 아니지 않은가. 스스로가 소협이라는 이름에 부끄럽지 않은 사람이 되려고 노력하는 것이 우선이겠구나.'

자리가 사람을 만든다는 말도 있다.

아직도 스스로가 부족하기 그지없다 생각하지만, 계속해서 그 자리에 있다 보면 언제고 '소협'이라는 단어가 부끄럽지 않은 날이 찾아올 수도 있을 것이다.

'많은 노력이 필요하겠구나.'

정범의 입가로 머쓱한 웃음이 번졌다.

*　　　*　　　*

불안한 예감과는 달리, 소해촌은 다녀오기 전과 마찬가지로 평온한 상태였다.

오히려 희망을 기다리고 있던 탓인지 분위기가 눈에 뜨이게 밝아지기까지 하였다.

'그냥 기우(杞憂)였던 것뿐이려나.'

사실이라면, 마냥 다행이라는 말이 먼저 떠올랐다.

그렇게 다음날이 찾아오고, 해왕문의 거대한 범선에 소해촌의 어부들이 승선(乘船)했다. 크게는 그물에서부터, 작게는 낚싯대라도 챙겨 배에 오른 어부들의 눈에는 희망이 부풀었다.

태풍이 해안가 일대를 쓸고 지나간 덕에 주변에서는 먹을 것을 찾기 힘들지만, 넓은 바다로 나간다면 이야기가 달라진다.

헤엄에 자신이 있는 이들이라면 바다 속 깊숙이까지 뛰어들어 떠내려간 양식을 건질 수도 있을 터다.

그간 그들을 가장 힘들게 했던 굶주림으로부터 벗어날 수 있는 기회니 절로 가슴이 부풀지 않을 수가 없었다.

소해촌뿐만이 아니었다.

해왕문은 스스로 나서 돕겠다며 주변 일대 어촌에 모두 범선을 보냈다. 이후 현재 자신들의 상황이 좋지 않음을 솔직하게 밝히며, 도움도 요청했다. 해왕문은 여전히 그들의 수호문이기도 했지만, 이웃이기도 했다.

이웃끼리 서로 돕고 살 수 있다면 그리 해야 되는 것이 옳은바.

그 든든하던 해왕문조차 배를 곯는다는 말에 여유가 조

금 있는 주변 어촌 마을에서부터 작은 지원이 이어졌다.

여러모로 화기애애하게 흘러가는 분위기에 정범의 입장에서는 계속해서 미소를 지을 수밖에 없었다.

단 하나, 소해촌 주민들이 정범을 영웅이라도 된 듯 극진히도 모시는 것이 부담스럽다는 사실만을 제외한다면 무엇하나 나쁠 것이 없는 일상(日常)이었다.

'혹시 모를 일을 대비하여 해왕문 무인들도 주변 어촌에 경계를 서고 있으니…….'

이런 상황임에도 불구하고 여전히 가슴 한편에 차오르는 불안감을 무시해도 되지 않을까?

떠나도 될 것 같다.

정범은 점점 마지막 영 노야와의 약속을 떠올리고 있었다.

＊　　　＊　　　＊

해왕도의 중심에 솟아난 봉우리라 하여, 해왕봉(海王峰)이라 불리는 봉우리의 옆면.

가파르게 떨어지는 절벽의 동공 안에서 흘러가는 구름을 보던 영 노야의 얼굴이 찌푸려졌다.

"불쾌하군, 불쾌해."

하늘을 보고 혼잣말을 읊조린다 하여 천기(天機)를 읽거
나 하는 대단한 경우는 아니다. 단지, 바람을 타고 흘러 들
어오는 익숙한 내음이 그의 인상을 구기게 할 뿐 이다.

"어이하여 마기(魔氣)가 느껴지는 걸꼬."

본래 천하에는 세 종류의 무인이 존재했다.

따지자면 종류를 나누는 것도 우습지만, 익힌 무공의 특
성 차이가 워낙 심하다 보니 나누어진 것이다.

그중 첫째가 가장 흔하다고 볼 수 있는 사도(邪道)의 무
인들이다.

작금 무림에서 활동하고 있는 대다수의 무인들이 익힌
무공이며, 실제로 가장 많은 무공이 뿌려져 있기도 한 것이
바로 사도의 길이었다.

사도의 무공은 비록 길이 올바르진 않지만, 인륜(人倫)을
모두 저버릴 정도로 사악하지는 않다. 무공의 문제라기보
다는, 익히는 사람이 더 중요하다고 할 수 있을 정도였다.

결국, 사도의 무공은 올바른 사람이 익히면 올바른 길로,
그른 사람이 익히면 그른 길로 몰아가는 평범한 무공일 뿐
이었다.

그리도 두 번째가 바로 정도(正道)의 무공이다.

대부분 불가(佛家)와 도가(道家)에 뿌리를 두고 있는 정
도의 무공은 정순함과 유순함에 있어 극에 달한다. 때문에

그 어떤 갈래의 무공보다 그 뿌리가 안정적이며, 완성될 경우 가장 견고한 내력을 자랑한다. 정도 무인이 가지는 올바른 기상(氣像)이란 어린 시절부터 이어지는 체계적인 정신 교육과 더불어, 그러한 무공의 덕택도 없다고 할 수는 없는 것이다.

심지어 정도 문파의 몇몇 무공은 내력의 상승에는 큰 영향을 끼치지 못하지만, 인성(人性)에만큼은 지대한 효과를 주는 기이한 경우도 있었다.

대부분 사로잡은 악인들을 갱생시키는 데 활용하기 위해 만들어졌다고는 하지만, 실제로 그를 따라 정도 문파의 무공을 익히는 악인들은 그 누구도 없기에 효용을 본 적이 없는 무공이기도 했다.

이러한 성정을 가진 정도의 무공이지만, 그 성질이 모두 부드럽고, 순한 느낌이냐 하면 그건 또 결코 아니었다.

멀리 갈 필요 없이, 분명한 정도 문파인 해왕문이지만 그들의 무공은 결코 유순하지 않다.

오히려 노도(怒濤)하는 파도를 닮아 거칠기까지 할 정도였다. 오랜 시간 험한 바다를 끼고 살아온 해왕문인 만큼 어쩔 수 없는 일이었다.

결국 정도 무공의 기준은 얼마나 그 내공과 마음을 올곧게 세우냐는 데에서 결정된다 하여도 과언이 아니었다.

그리고 마지막, 마도(魔道)의 무공이 있었다.

마도는 말 그대로 마(魔)다. 마도의 무공을 익힌 무인에게 있어 강간, 살인 등을 통해 무공을 수련하는 것은 대수롭지도 않은 일이었다. 심지어 그들은 식인도 마다하지 않았으며, 동남동녀의 피를 뽑아 마시는 것조차 주저하지 않았다.

마도라 이름 붙여진 무공이 추구하는 바가 오로지 단 하나이기에 가능한 일이었다.

강(强).

약자는 죽고, 강자는 살아남는다.

그 무엇보다 약육강식(弱肉强食)의 논리가 강하게 지배하는 무림에 있어, 마도의 유혹은 달콤한 꿀과도 같았다. 굳이 힘들게 마음과 몸을 갈고 닦기보다는, 훨씬 더 쉽고, 편안하고, 심지어 빠르게 강한 무공을 익힐 수 있으니 무림인이라면 누구나 한 번쯤은 마음이 혹할 수밖에 없는 것이다.

비록 그러한 마공을 연성하는 과정에 무서운 부작용이 따른다는 사실이 밝혀진다 한들, 한번 힘에 욕심을 내기 시작한 무림인들은 막을 수가 없는 법이었다.

그렇게 먼 옛날, 마도 무림이 탄생했고, 천하를 손에 넣어 자신들의 욕구를 마음껏 분출하겠다는 야망을 가진 이들이 뭉쳐 하나의 조직을 만들었다.

바로 마신교였다.

하나 그러한 마신교는 자신들의 꿈을 펼치기도 전에 그 기색을 눈치챈 정도와, 사도의 명사들과 영웅들에게 발목 잡혀 역사의 한쪽에 이름만 남긴 채 모두 사라져 버렸다. 정확하게는 마노라는 내적 문제와 정도와 사도의 연합공격 이라는 외적 문제 모두를 감당하지 못해 무너진 것이지만, 어찌 되었든 이제 와서 그 흔적이 보일 이유는 없는 것이 다.

한데 그러한 마도 무공을 익힌 자만이 내뿜을 수 있는 마 기가 해안가 주변에 먹구름처럼 내려앉고 있었다.

원해서 얻은 것은 아니지만, 완연한 마공인 정범의 흡정 마수에 의한 일은 아니었다.

'흡정마공이 수많은 마공들 중에서도 최정상에 선 포식 자라고는 하지만, 결국 고 아해의 몸 속에 먼저 심어진 소 림의 여래제마심공에 제압당해 힘을 쓰지 못하고 있는 실 정인데.'

영 노야는 처음 정범을 보았을 때 기이한 기분을 느꼈다. 몸에 은은히 두르고 있는 힘은 분명한 그에게 익숙한 마기 인데, 또 달리 깊숙이 품어져 있는 내력은 정순하기 그지없 는 정도의 무공이다. 결국 현재 강호에 존재할 수 없는 기 이한 존재의 등장에 영 노야가 호기심을 느꼈고, 정범의 앞에 모습을 드러냈다 하여도 과언이 아닌 것이다.

그러던 중 마신교를 해체한 후, 홀로 고고히 사라진 최후의 마인 마노의 혈적비조를 보았다. 실상 영 노야는 이때에 이미 정범을 죽이기로 마음먹었다. 하나 그 뒤로 이어진 어설픈 해공비검을 본 순간 생각이 바뀌었다.

죽이기보다, 알고 싶어졌다.

그가 말년에 창안한 해공비검은 모든 마(魔)를 가르는 상성의 검이다. 한데 마공인 혈적비조를 펼치는 젊은 무인이 동시에 해공비검을 보였다. 본래라면 있을 수 없는 일이다.

때문에 조금 과하다 싶은 손길로 그를 제압했고, 그 과정에서 보인 정범의 성정과 내력에 살심(殺心)을 거두었다.

비록 감출 수 없는 은은한 마기가 있지만, 정범의 성정은 결코 마인의 것이라 볼 수가 없었다.

하나 지금 해안가 일대를 두르고 있는 검은 마기는 달랐다.

"이 냄새는…… 지독하군."

이제는 사라진 마신교의 마인들을 마주했을 때와 같은 느낌의 지독함.

"그 어린 아해가 말했던 주변의 위협이 마인이라면……."

영 노야는 고민했다.

비록 그 익히는 방법이 간악하기 그지없지만, 위력만큼

은 어떠한 길의 무공도 당하지 못할 만큼 무시무시한 것이 바로 마도다.

안 그래도 태풍에 휘청이는 작금의 해왕문이라면, 마신교의 마두(魔頭)만 나타난다 하여도 돌이킬 수 없는 피해를 입을 확률이 너무나 높았다.

결국 지금에 와서 믿을 수 있는 이라고는 정범 하나밖에 없었다.

'해공비검을 모두 가르치고 내보낼 걸 그랬나?'

이쯤 되니, 막상 먼저 떠나겠다는 정범을 붙잡고 자신의 절기를 전수하지 못한 것이 아쉽기 그지없었다.

'아니야, 어설프긴 하지만 해공비검의 정수를 꿰뚫어 본 아해가 아닌가?'

점점 짙어지는 마기의 내음에 절벽 위에 선 영 노야의 눈살이 점점 찌푸려졌다.

'부디 아무 일도 없어야 할 텐데⋯⋯.'

* * *

사건은 정범이 떠나기로 마음먹은 날의 이른 오전에 일어났다.

"꺽⋯⋯."

묘시(卯時) 언저리 즈음, 평소와 같이 수련을 위해 집 바깥으로 나섰던 정범은 짧은 신음소리를 들었다. 귀 기울여 듣지 않는다면 놓칠 수도 있는 작은 음성이다. 하나 정범의 귀에는 그 소리가 명확히 들렸다.

"하아…… 분명 요 주변에 놈이 있는데……."

이후로 들려온 작은 목소리는, 마치 천둥처럼 정범의 귀를 강타했다.

아니, 뇌를 뒤흔들어 놓았다.

심장이 가슴뼈를 부수고 살갗조차 찢어버리고 나올 듯 크게 박동했다. 평생을 가도 잊을 수 없는 목소리다. 아니, 다시 태어난다 하여도 영혼에 각인될 음성이 들려왔다.

'마노!'

그는 분명 죽었다.

제 꾀에 제가 당해, 흡정마수에 내력을 모두 빨려 바짝 마른 목내이가 되어 자폭(自爆)했다. 한데 어째서 이곳에서 마노의 목소리가 들린단 말인가? 아니, 그를 벗어나 마노는 누군가를 찾고 있는 것 같은 말을 했다.

뇌가 빠르게 회전했다.

세상이 느려지고 머리 위로 열이 올라왔다.

수만 가지 생각, 그를 벗어난 억측이 마구잡이로 난잡하게 오고갔다. 덕분일까? 힘든 일이었지만 곧 정범의 뇌가 차갑게 가라앉기 시작했다. 가슴을 박살낼 듯 뛰어놀던 심장도 차차 안정을 찾아갔다.

'어쩌면 놈이 살아 있을지도 모른다고도 생각했었지.'

자그마치 마노다.

제 꾀에 빠져, 자폭까지 했다지만 마냥 죽었을 것이라고 믿는 것이 더 우스울지도 몰랐다.

받아들이기는 힘들지만, 쉽게 생각하면 될 뿐이다.

'놈이 살아 있다. 그리고 나를 찾고 있어.'

어떻게?

명확한 방법은 모른다.

하지만 어느 정도 이유는 떠올랐다.

'흡정마수 혹은 아직까지도 단단하게 뭉쳐 있는 검은 내력.'

둘 중 하나다.

마지막으로 마노가 그를 찾는 이유?

어렵게 생각할 것도 없었다.

원한!

'마노는 나를 증오하고 있어.'

이유는 굳이 어렵게 찾을 필요도 없었다.

자신을 죽일 뻔한 상대다.

없던 원한도 생기는 게 당연했다.

때문에, 정범 역시 마노에게 원한을 가지고 있었으니 말이다.

'물론 나는 진짜 죽었었지만 말이지.'

어쨌든, 지금은 그때와 다르다.

당시에는 죽어도 또 한 번의 기회가 찾아 왔었다.

하나 더 이상은 아니다.

시간은 반복되지 않으며, 죽음은 한 번 찾아오는 순간 영원히 계속된다.

꿀꺽-!

마른침을 삼킨 정범의 눈가에 긴장이 감돌았다.

'지금의 나라면 마노를 이길 수 있을까?'

어불성설!

비록 지금은 다르다지만, 마노에게 한 번 패배한 바 있던 영 노야에게 당해 죽음의 문턱까지 보고 온 몸이다.

한데 마노를 이기겠다고? 당치도 않은 소리다.

'영 노야한테 도움을 요청할 수도 없는 노릇이고…….'

할 수 있다면 하겠지만, 해왕도에 은거한 영 노야를 찾아 가기에는 너무나 멀다.

결국 정범은 한 가지 결론을 내려야만 했다.

'그래, 어차피 떠나려던 것, 조금 더 빨리 갈 뿐이야.'

마노는 정범을 쫓고 있다.

어쩌면 얼마 전부터 마을 인근에 생기고 있다는 피해 역시 마노 탓일지 모른다.

'그러고 보니……'

죽은 시체들의 모습이 마치 흡정마수에 당한 것과 비슷하다 하였다.

머릿속에 흩어졌던 조각이 자리를 찾아가고, 마음 속 한 편에 일었던 불안의 정체를 알아챈 정범은 망설임 없이 앞으로 달려 나갔다.

'놈을 유인해야 해.'

마노는 정범을 노리고 나타났다.

한데 그 때문에 힘없는 양민들이 피해를 받아서는 안 되는 일이었다.

먼저 죽은 이에게는 미안한 말이지만, 다른 산 사람들이라도 살아야 할 것 아닌가?

'놈을 유인해야 돼.'

무작정 도망만 가서는 길이 엇갈릴 수 있다.

그렇게 되면 수많은 마을 사람들과, 그들을 돕기 위해 나선 해왕문 무인들 모두가 마노에게 몰살당하고 말 것이다.

"마노! 나를 찾고 있느냐!"

마을 밖으로 뛰쳐나가며, 배에 힘을 준 정범이 외쳤다.

그 순간, 어둠이 내려 앉아 있던 마을의 중심으로 검은 신영이 번뜩 솟아났다.

"네놈! 드디어 찾았다!"

마치 한 마리 짐승이 된 것처럼 공중을 날아 정범의 바로 뒤편까지 바짝 따라붙은 마노가 살기를 흘렸다. 그 무시무시한 살의는 정범에게는 너무나 익숙하기도 했다.

'또 이렇게 쫓기는군.'

마을 사람들이 걱정도 되었다.

아침에 일어나, 피해자가 생긴 것을 보고 겁도 먹을 것이다. 정범이 갑작스럽게 사라졌으니 더 놀랄 터다.

하나 지금은 떠나야만 했다.

쫓겨야만 했다.

"어서 쫓아와 봐라. 한 번 뒈졌다가 돌아오니 뜀박질이 영 예전만 못한 것 같아? 마노!"

전력으로 풍보를 펼치며 달려 나가는 정범의 도발에 마노의 이마 위로 굵은 심줄이 돋아났다.

"이 어린놈이 감히, 은혜를 모르고!"

"은혜 같은 소리하고 앉아 있네. 상종도 못 할 빌어먹을 노인네. 뭐 주워 먹을 게 있다고 무덤에서부터 기어올라 와서 죄 없는 사람들을 괴롭히는 거야!"

"죄 없는 사람들을 괴롭히기는! 나야말로 괴롭힘을 당했다! 네놈이 나를 괴롭혔다! 어둡고 좁은 땅굴 속에서도 네 얼굴이 떠올라 내 뇌를 찢어 놓았다. 죽여야 한다. 네놈을 죽여야 내가 괴롭지 않아!"

"미친놈!"

마노만 대하면 저도 모르게 거칠어지는 언사였지만, 정범은 개의치 않았다.

애초부터 예우를 차려줄 필요가 없는 상대다.

그 정도를 벗어나 서로를 무덤에 넣은 전적이 있는 이들이니 거칠 것이 없는 게 당연했다.

흔히 견원지간(犬猿之間)이라고들 한다.

정범과 마노가 바로 그랬다.

아니, 개와 원숭이보다도 사이가 안 좋았다.

서로 결코 양립할 수 없다.

'놈을 이번에야 말로 죽인다.'

싸워서 이길 수는 없다.

그 사실은 누구보다도 정범 본인이 잘 알았다.

하나 방법이 없지만도 않다. 식은땀이 고이는 오른 주먹을 강하게 움켜쥔 정범의 눈이 빛났다.

무엇보다 다시는 적에게 등을 돌리지 않겠다 약속한 것이 있었다.

'남아일언 중천금.'

한번 내뱉은 말은 죽어도 지킨다.

마을과의 거리는 충분히 벌어졌다.

정범은 마침 눈앞에 보이는 계곡 사이를 향해 망설임 없이 몸을 던졌다.

"저놈이!"

높은 계곡 사이로 몸을 날리는 정범을 보며, 놀란 마노가 걸음을 멈추었다.

직후, 운보를 이용해 자연스럽게 땅에 발을 디디는 정범을 보고는 저도 모르게 박수를 쳤다.

"걸음만 제법 빨라진 줄 알았더니, 잔재주가 많이 늘었구나. 아해야."

"너는 몸이 마른 만큼 말도 많아진 것 같구나. 아니, 원래부터 개소리가 많기는 했지만…… 뭐해, 설마 내려오기 겁나서 위에 있는 거야?"

아닌 게 아니라, 목내이까지는 아니더라도 본래 정범이 기억하던 모습보다 반쪽은 얇아진 마노의 입가로 잔인한 웃음이 번졌다.

"건방진 애송이 놈이, 몇 수 잔재주 익혔다고 죽을 재롱을 부리는구나. 흐흐."

파밧-!

정범과 같은 부드러움은 없었다.

허나 그 속도는 몇 배나 빨랐다.

쏟아지는 주먹에 담긴 힘은 그야말로 번개와 같다.

쾅드드득-!

방금 전까지 정범이 서 있던 자리의 돌무더기가 모래 알갱이와 같이 분해되어 허공으로 흩어졌다. 그 무시무시한 괴력을 두 눈으로 목격한 정범의 등 뒤로는 식은땀이 축축이 젖어들었다.

'한 방만 맞아도 골로 가겠군.'

하지만 다행히도, 생각보다 상황은 더 희망적인 것 같았다.

'놈의 움직임이 보여.'

그간 정범의 성장이 비약적이어서 가능한 일일까?

물론 그 덕도 없다고는 할 수 없다.

하나 그보다는 다른 연유가 먼저 떠올랐다.

'아직 몸 상태를 모두 회복하지 못했어.'

본래 체형의 반쪽밖에 되지 않는 몸이 일러주듯, 마노의 상태는 정상이 아니었다. 그럼에도 불구하고 정범을 쫓은 것은 원한과 분노에 사로잡힌 탓이다.

또한 그 정도의 힘으로도 정범 정도는 충분히 찢을 수 있다고 믿은 것이다.

'네 오만이 실책이다.'

정범의 눈이 차가워졌다.

버겁기는 하지만, 못 싸울 정도는 아니다.

운보가 시작되었다.

순식간에 정범의 공간이 확장되며, 자연의 흐름이 흘러들었다. 순식간에 뽑아진 검은 바람처럼 마노를 향해 몰아쳤다.

"이놈이, 제공을 익혔어!?"

놀란 마노가 큰 목소리로 외치며 제자리에서 펄쩍 뛰었다. 하나 방심한 탓에, 빈틈이 너무나 컸다. 정범은 그 기회를 놓칠 생각이 없었다.

파바밧-!

운보에 이어, 바다의 흐름을 닮은 해공비검이 펼쳐졌다.

타다다당-!

노도처럼 몰아치는 검의 파도 앞에 마노는 방어에 급급했다.

비록 영 노야는 미완성이라고 하였지만, 펼치는 정범의 눈에는 최선의 검로(劍路)다. 그간 적지 않은 경험과, 수련을 쌓아온 정범의 검은 본래 마노가 상상했던 수준을 월등히 벗어나 있었다.

'이 애송이 놈이 언제 이렇게나…….'

이마 위로 식은땀이 줄줄 흐른다.

손은 바쁘다 못해 조금씩 아리기 시작한다.

'이대로는 위험한데⋯⋯.'

마노의 마음에 걱정이 들었다.

반면, 정범의 마음에는 점점 더 큰 희망이 부풀었다.

'좋았어, 이대로만 몰아붙이면⋯⋯.'

굳이 부담 되는 흡정마수의 힘을 쓰지 않고도 이길 수 있다.

마노를 죽일 수 있다!

정범은 내력을 쏟아부었다.

제공을 이용하여 자신의 영역을 넓히고, 마노의 몸에 상처를 만들어갔다.

파바밧-!

허공으로 붉은 핏물이 튀어 오르고, 막아내기에만 급급하던 마노가 뒷걸음질마저 치기 시작했다.

그 작은 움직임이, 또 다른 틈을 만들었다.

정범은 망설이지 않고 검을 직선으로 뻗었다.

검극의 목적지는 두터운 목젖 중심.

꿰뚫는다면 마노라 하여도 그 자리에서 즉사다.

"끝내자, 이 빌어먹을 악연!"

정범의 거친 외침에, 기회만을 엿보고 있던 마노의 눈에서도 붉은빛이 쏟아졌다.

동시에, 마노의 온몸에 들끓던 피가 그의 주먹으로 몰려

들었다.

　고오오-!

　회오리치듯 꿈틀대는 핏물이, 하나의 기운이 되어 형상화된다. 그 기세를 빌어, 정범의 검극을 향해 단숨에 주먹을 내뻗은 마노가 외쳤다.

　"그래, 끝내자. 이 빌어먹을 인연! 건방진 애송이 놈아!"

　쾅-!

　폭음이 일었다.

　주먹과 검이 부딪쳤다고는 믿을 수 없는 소리다.

　구구구-!

　두 사람을 감싸고 있는 양측 절벽이 울음을 토했으며, 먼지구름이 맑은 계곡물마저 집어삼켰다.

　짧은 정적이 흘렀다.

　"크흑⋯⋯."

　그를 깬 것은, 뒤로 한 걸음 물러난 정범이었다.

　입술 주변으로 붉은 핏줄기를 내비친 정범이 쓴 웃음을 지었다.

　"영악⋯⋯하기는. 마지막 한 수를 숨겨 뒀었구나, 마노."

　그 말에, 어이가 없다는 표정을 지은 마노가 주먹을 들어 올렸다.

　"영악? 푸하하. 이 몸이 너 같은 어린 아해에게 영악하다

는 소리를 들을 줄이야! 그리고 착각하지 말 거라. 혈폭마공
(血爆魔功)은 이 몸의 수많은 잡기(雜技) 중 하나일 뿐이다!"

"후우…… 쿨럭!"

마노가 혼잣말로 떠드는 사이, 내상을 정리해 검은 핏물
로 토해낸 정범이 눈시울을 붉힌 채 미소 지었다.

"하여간 그놈의 자존심은 죽었다 살아나도 죽지 않나 보
군."

"네놈이야말로 당장 죽을 상황인데도 겁도 나지 않는가
보구나."

"죽기는 쥐뿔."

"흐흐…… 어찌 됐든, 만나서 진심으로 반갑다. 아해야."

마노가 활짝 웃었다.

"난 진심으로 만나고 싶지 않았어. 빌어먹을 놈아."

인상을 찌푸린 정범은 한숨을 토했다.

第七章

격전

　마노가 방심한 만큼, 정범도 자만했다.

　흥분했다.

　덕분에 수세에 몰렸으며, 내상까지 입었다.

　좋지 않은 상황이다. 하지만 정범은 끝까지 여유를 보였다. 물론 마노에게 괜한 틈을 보이지 않기 위한 마음이 가장 컸다. 하지만 또 다른 확신도 분명히 존재했다.

　'놈도 멀쩡하지만은 않아.'

　혈폭마공이 어떠한 마공인지는 모른다.

　하지만 본질이 마공인 탓인지 말하지 않는 독이 있어 보였다.

'일단 겉으로 보이는 건 출혈이 증가한 건가……'

비록 자잘한 상처들이지만, 그 수가 많다.

그 틈새로 본래 흘렀어야 할 피보다 더 많은 출혈이 보이니, 혈폭마공의 부작용일 가능성이 매우 컸다.

당장이야 큰 문제가 없어 보이지만, 격렬하게 움직이는 싸움이 계속된다면 큰 폐해가 될 것으로 보였다.

"머리가 굴러가는 소리가 여기까지 들리는군. 하나 알려줄까, 아이야? 싸움은 머리로 하는 게 아니란다."

"어……?"

마지막 말과 함께, 흐릿해진 시야의 틈새로 마노가 사라졌다.

덕분에 정범은 저도 모르게 의문을 흘렸다.

물론 의문만 품고 있을 시간 같은 건 없었다.

허리 언저리로 다가오는 서늘한 감각이 무섭도록 외치고 있었다.

'맞으면 죽는다!'

콰앙-!

"운이 좋군!"

보았다기보다는, 반쯤 본능적으로 휘두른 검이 마노의 주먹을 막았다. 하지만 방금 전 방어는 정말 운이 좋았던 편이었다.

'다음에 또 이러면……!'

생각하기가 무섭게, 다시 한 번 마노의 신형이 사라졌다.

"흐흐, 이런 건 처음이지. 애송이?"

"……!"

등 뒤에서 들려온 목소리에 빠르게 시선을 돌린다.

어느덧 눈앞으로 다가온 마노가 부담스러운 얼굴을 내민 채 미소를 짓는다. 화들짝 놀란 정범이 곧바로 뒤로 물러섰다. 다행히 마노의 공격은 이어지지 않았다.

"흐흐흐, 놀라기는……."

다시 마노가 사라졌다.

머리끝이 쭈뼛 솟는 느낌과, 뒷목이 뻐근하게 굳어지는 감각이 정범의 전신을 감쌌다.

'놈이 나를 가지고 놀고 있군.'

유쾌한 일은 아니다.

뇌리 한편으로는 의문도 차올랐다.

'지금 마노와 내 무공의 차이가 이 정도로 격심한가?'

무공의 깊이만이라면 분명 그럴지 모른다.

하나 정범은 확신할 수 있었다.

분명 작금의 마노는 얼마 전의 그와 같은 약점을 가지고 있었다.

'놈은 내력이 적어.'

대부분의 내력을 정범에게 흡수당했으니 당연한 일이다.

물론 세상의 흐름을 보고, 그를 따라 힘을 쓰니 적은 내력이 큰 문제는 아니다.

하지만 분명 미세한 차이는 있다.

적어도 금방 지칠 수밖에 없다는 것만은 분명했다.

'그럼에도 불구하고 이런 장난을 친다는 건?'

장난, 말 그대로 장난이다.

마노는 기이한 사술로 정범의 눈을 현혹하려 하고 있을 뿐이었다.

눈으로 보려하면 오히려 쫓겨 다닐 뿐이다.

'조금 더 기운의 흐름에 집중해야 돼.'

결국 마노의 움직임이 쫓을 수도 없을 정도의 속도는 아니다.

단지 마술(魔術)과 같은 장난이 전부다.

정범은 더욱더 의식을 집중해 기운의 흐름을 보려 했다.

"요놈 봐라, 눈치가 제법 빠른걸!"

그 순간, 정범의 눈앞으로 번쩍하고 나타난 마노가 주먹을 내뻗었다.

"헙!"

놀란 정범이 물러났으며, 동시에 다시 한 번 마노가 사라졌다.

콰직-!

"끄악-!"

이어진 것은 허리가 부러졌다고 믿을 수 있을 정도의 지독한 통증이다.

비명을 내지르며 바닥을 구른 정범의 정신이 순식간에 아득해졌다. 고작 일격을 허용했을 뿐인데도 불구하고 피해가 너무 심했다.

'빌어…… 먹을.'

바닥을 구르는 정범을 향해 느릿한 걸음으로 다가온 마노가 잔인한 웃음을 보였다.

"흐흐, 방심했다가 네놈에게 당한 게 한두 번이어야지. 이제 더 이상 놀이는 없다."

마노가 다시 한 번 매섭게 주먹을 내리쳤다.

콰앙-!

정범의 바로 눈 앞, 돌무더기가 사방으로 비산했다.

흔히들 나려타곤이라 말하는 바닥을 구르는 수법으로 아슬아슬하게 마노의 공격을 피한 정범의 눈가에 핏줄이 섰다.

'이건 맞으면 진짜 죽어.'

그나마 검이 아니라 단번에 죽지 않았던 셈이다.

누운 상태로 직격을 당하면 확실히 죽는다.

"어쭈, 이놈 봐라? 한번 어디까지 피할 수 있나 보자꾸나!"

쾅, 쾅, 쾅–!

마노의 연격이 이어졌다.

정범은 그 공격을 보지도 않은 채 힘겹게 바닥만을 굴렀다.

'무지막지하게 아프군.'

허리가 통째로 부러지지는 않았더라도 어딘가 뼈 몇 군데에 이상이 생긴 사실만은 분명하다. 그런 상태로 돌바닥을 구르니 통증이 점점 더 격심하게 올라왔다. 게다가 바닥을 구르는 것에도 분명 한계가 있었다.

"아주 미꾸라지 같구나, 이노옴…… 크흡?"

노호성을 토하며 쉴 새 없이 주먹을 내지르던 마노가 갑작스러운 신음을 흘렸다.

당연하지만, 바닥을 구르고 있던 정범이 반격을 가할 수 있던 상황은 아니었다. 단지 격한 움직임과 그 뒤로 이어진 심각한 출혈 덕에 마노의 몸이 휘청였을 뿐이다. 작은 빈틈일 뿐이다. 하지만 마지막 기회일 수도 있다. 정범은 재빠르게 몸을 일으켜 검을 내던졌다.

"……!?"

비틀거리던 마노가 놀란 표정으로 고개를 휙 하니 꺾었다. 콧잔등 위로 아슬아슬하게 스치고 지나간 검이 붉은 궤적을 그렸다.

"제발 좀, 죽어라! 이 질긴 놈아!"

그러는 사이, 비틀거리며 균형을 잡은 정범이 성난 황소라도 된 듯 돌진하여 머리로 마노의 배를 힘차게 받았다.

"꺽-!?"

예상치 못한 정범의 돌진 공격에, 괴상한 신음을 흘린 마노가 바닥에 엎어졌다. 정범 역시 굳이 더 균형을 잡거나, 버틸 힘이 없었기에 그러한 마노 위로 무너지기 위해 힘을 실었다.

꽝-!

"컥-!"

덕분에 돌바닥에 머리를 먼저 찧게 된 마노가 다시 한 번 비명을 내질렀다. 새하얗게 뒤집힌 눈을 보니 충격이 보통이 아닌 듯했다. 정범의 입장에서는 완연한 기회였다.

"죽어라, 빌어먹을 놈!"

검도 버렸다.

기의 흐름을 보는 것조차 뒤로했다.

싸움이 이렇게까지 망가진 이상 다른 모든 것들은 잔재주에 불과하다.

유일하게 믿을 수 있는 것은 두 주먹.

정범은 그 두 주먹에 자신의 내력을 끌어모아 있는 힘껏 내리쳤다.

꽝-!

단번에 모가지를 부러트리려고 날린 주먹인데, 반쯤 돌아간 마노의 고개가 멈추었다.

얼굴이 아닌 쇠를 때린 것 같은 얼얼함이 정범의 주먹에 전해졌다.

"흐흐…… 네놈 따위가 이 몸의 호신강기를……."

"닥쳐!"

꽝- 꽝- 꽝-!

정범은 무자비했다.

호신강기?

모르는 것은 아니다.

내력을 전신에 둘러 몸을 방어하는 수법이라니 정범의 입장에서는 아직 어떻게 해야 하는지 감도 잡히지 않는 일이다. 하나 단 하나는 확실히 알 수 있었다. 그 호신강기도 계속해서 때리면 부서진다.

심지어 지금의 마노는 내력조차 부족했다.

"죽어! 죽어!"

정범의 눈에 광기가 어렸다.

마음 속 어딘가에 웅크리고 있던 어둠이 그의 정신을 지배하기 위해 고개를 빳빳이 세운다.

하지만 광기라면 마노 역시 어디 가서 밀리지 않는 편이었다.

아니, 오히려 압도적이라 해도 과언이 아니었다.

"카악-!"

날아드는 정범의 주먹을 향해, 거친 괴음을 토한 마노가 입을 크게 벌렸다.

콰드득-!

이빨 몇 개가 한꺼번에 부러졌다.

커다랗게 벌렸던 입이 찢어지며 더욱 크게 벌어졌다.

하지만 목덜미가 단숨에 관통되지는 않았다.

"자았다(잡았다). 흐흐."

피가 줄줄 흐르는 입으로, 정범의 주먹을 강하게 꽉 문 마노가 턱에 힘을 주었다.

"크아악-!"

이번엔 정범의 입에서 비명이 흘러 나왔다.

마치 짐승이라도 된 듯 주먹을 마구잡이로 씹어대는 마노의 두 눈에는 거친 핏발이 섰다.

"놔, 놓으라고, 이 미친 새끼야!"

반대편 정범의 주먹이 마노의 이마를 연신 내리쳤다.

마노의 이마가 깨지고, 핏물이 줄줄 흘렀다.

하지만 모질게도 주먹을 잡아 문 턱에서는 결코 힘이 빠지지 않았다.

정범은 점점 손에서 힘이 빠지는 걸 느꼈다.

마노도 힘들지만, 그도 한계다.

박살나며 날카롭게 돋아난 이빨에 마구잡이로 난도당하는 그의 손이 당장에라도 잘려나갈 것 같은 기분이었다.

'여기서 손을 빼?'

어림없는 소리!

손 한쪽을 주더라도 목숨을 취하면 될 뿐이다.

정범은 나약해지려는 정신을 붙잡으며 더욱 힘차게 주먹을 휘둘렀다.

마노도 이빨만으로 싸우지는 않았다.

정범이 이마를 주먹으로 내리치면 더 거세게 머리로 받았다.

어차피 맞아야 한다면, 정범의 반대쪽 손도 박살 낼 기세다.

누운 자세에서 발버둥 치듯 솟아오른 무릎도 정범의 등을 타격했다.

"아프잖아!"

갑작스럽게 이어진 등의 가격에 정범이 핏발 선 눈으로 외친다.

"나호 아브다(나도 아프다)!"

정범의 손을 꽉 깨문 마노도 외쳤다.

"미친놈!"

"개새기(개새끼)!"

더 이상 이는 무림인들의 대결이 아니었다.

만만치 않은 독종들의 싸움이다.

광기의 싸움이다.

누구 하나 포기를 모르는 미친놈들은 제 자신이 망가지고 있는지조차 모른 채 마구잡이로 서로에게 상처를 주었다.

그 미친 공격의 끝은, 갑작스럽게 찾아왔다.

누가 먼저랄 것도 없었다.

거칠게 휘둘러지던 정범의 주먹이 허공에서 흐느적거리며 바닥으로 떨어졌다.

발버둥 치던 마노도 움직임을 멈추고, 턱에서 힘을 풀고 말았다.

지치다 못해, 손가락 하나 까딱할 힘도 없다.

두 사람은 완전히 풀린 눈이 되어 서로의 어깨에 얼굴을 파묻었다.

"후우…… 후우……."

"흐, 흐흐. 지, 지치냐. 애송이."

거친 숨을 몰아내쉬는 정범을 향해 마노가 말했다.

"……."

정범은 아무런 답도 하지 않았다.

아니, 할 말은 많았다.

하지만 입을 까딱할 힘조차 없었다.

마노도 비슷했다. 단지 그는 조금 더 하고 싶은 말이 많았다.

"말했지 않느냐. 너는 나를 닮았다. 우리는……."

"개…… 소리!"

"끄아아악-!"

마노가 말을 하는 동안, 조금 더 힘을 비축한 정범이 고개를 번쩍 들며 마노의 어깨를 깨물었다.

아직 싸움은 끝나지 않았다.

그를 증명하듯 거친 공격이었다.

마노는 다시 한 번 호신강기를 펼치려 했다.

정범의 몸과 다르게, 내력이 둘러진 그의 육신에는 쉬이 사람의 이빨이 박혀들 수 없었다.

바로 그때, 그가 평생을 깊게 생각지 않았던 문제에 봉착했다.

'어?'

내력이 부족하다.

그의 단전에는 늘 차고 넘치는 거대한 내력이 존재했다.

정범에게 대다수를 뺏긴 이후에 상실감을 느끼기도 했지만, 부활한 이후 계속해서 흡정마공을 펼쳤기에 부족하지 않을 정도의 내력은 모았었다.

한데 지금은 하나도 없다.

바닥이다.

몸 전체를 방어하기 위해 내력을 두르는 것인 만큼, 호신 강기의 내공 소모율은 보통이 아니다.

늘 넘치는 힘만을 사용해 왔던 마노가 간과한 사실이었다.

그러는 사이 정범의 이빨은 더욱 거세게 그의 어깨를 파고들었다. 고통이 점점 더 격심해졌다. 어깨에서부터 전해지는 화끈한 감각을 닮았지만, 그보다 더 불같은 고통이다. 처음 정범에게 모든 내력을 빼앗겼던 당시의 상실감이 마노의 온몸을 휘감았다. 배꼽 아래보다 더 깊은 곳에서부터 분노라는 감정이 고통이 되어 마노의 뇌리를 휘감았다.

"크아악-!"

비명을 내지른 마노가 바닥을 굴렀다.

"커억-!"

덕분에 위치가 뒤바뀌어 바닥에 깔리게 된 정범이 신음을 흘렸다.

"네놈 때문에…… 네놈 때문에 이 몸이!"

분노한 마노의 전신에서 어두운 기운이 뭉클 뭉클 피어올랐다.

남이 펼치는 것은 처음 보았지만, 정범은 그 힘이 무엇인지 정확히 알고 있었다.

'흡정마공!'

빨리면 죽는다.

누구보다 그 힘의 위험성을 잘 알고 있는 정범이었다.

흡정마공은 따지자면 모든 먹이사슬의 최상위에 위치한 포식자다.

상대의 내공이 강하든, 무공이 강하든, 심지가 곧든 무엇이든 가리지 않는다.

그저 자신의 영역 안에 들어온 모든 것을 먹어 치우려 들 뿐이다. 물론, 그렇게 잡아먹힌 피식자는 영락없는 시체가 되기 마련이다. 마노와 같은 특별한 경우를 제외한다면 말이다.

'살아 있어도 제 꼴이 아니지.'

침을 꿀꺽 삼키는 정범에게, 두 눈에 일렁거리는 검은 기운을 비춘 마노가 손을 뻗었다.

"돌려내라, 이놈아!"

아지랑이처럼 흘러나오는 검은 기운이 정범의 전신 곳곳에 실처럼 연결되기 시작했다.

흡정마공의 발현이다.

정범의 것과는 확연히 다르지만, 효과는 확실했다.

내력이 급속도로 줄어들고 있다.

정범의 행동도 다급해졌다.

"닥쳐, 줬다 뺏는 게 어딨냐. 이 빌어먹을 놈아!"

정범은 자신의 흡정마공, 흡정마수를 펼쳐 마노의 가슴팍을 올려쳤다.

"끄읍-!"

마노가 신음을 흘린다.

"끄으윽-!"

온몸에 검은 아지랑이가 박힌 정범도 신음을 흘렸다.

먹이사슬의 최상위 포식자 둘이 서로를 향해 이빨을 세우며 마구잡이로 상대를 탐닉한다. 먹고, 먹히고, 끊임없는 탐욕의 연속이다. 뺏고, 빼앗기고. 그 끝없는 싸움은 지독하다고밖에 부를 수 없는 두 사람의 정신력마저 질리게 만들었다.

'이러다가는 둘 다 죽어.'

정범과 마노가, 동시에 같은 생각을 떠올렸다.

순간, 정범은 결심했다.

'그래, 죽자. 차라리 함께 죽어 버리자.'

고향에 있는 부모님과, 동생을 생각하면 쉽게 떠올릴 수 없는 결정이다. 하지만 그럴 수 있다면, 이 자리에서 마노를 죽이는 것이야말로 정녕 가족들을 위한 일이라는 생각까지 들었다. 이 흉측한 마귀가 세상을 돌아다니며 입힐 피해를 생각한다면 당연한 일일지도 몰랐다.

완벽히 힘을 회복한 마노는 일종의 자연재해와 같다.

그 대단하던 굉언 대사도, 무연 진인도 둘이 힘을 합쳐 간신히 막아내던 존재가 아닌가?

그런 재해가 언젠가 자신의 가족들이 있는 고향 마을에 찾아올지도 모른다.

불안감이 정범의 결심을 도왔다.

어차피 죽을 것 같다면, 함께 죽는 거다.

누구보다도 생존과 삶을 원하던 정범이었지만, 이 순간만큼은 그 모든 것을 포기했다. 죽음을 각오한 정범의 눈에는 그 어느 때와도 비교되지 않는 독심(毒心)이 차올랐다.

순간, 그 눈빛을 마주한 마노의 마음이 흔들렸다.

'이놈, 정말 여기서 죽을 셈이다!'

마노는 정범과 달랐다.

그는 죽음을 원하지 않았다.

심지어 이런 허망한 개죽음은 꿈에도 그리지 않았다.

'내, 내가 이따위 애송이에게 죽는다고?'

두려움이 심장을 엄습했다.

정범의 흡정마수에 모든 내력을 빼앗기고, 캄캄한 돌무더기에 깔리던 당시의 상황이 눈앞에 재현(再現)되었다.

두 번 다시 경험하고 싶지 않다.

결코 죽고 싶지 않았다.

하지만 제멋대로 흡정마공을 끊었다가는, 또다시 정범에게 당한다.

결과는 똑같은 죽음이다.

때문에 마노는 정범을 설득하려 했다.

"아, 아해야. 우리 이쯤에서 그만두는 것이 어떻겠느냐? 하나, 둘 셋 하면 둘 다 흡정마공을 거두고 물러나는 거다. 그러면 서로가 좋게 일을 풀 수도 있을 것 같은데?"

마노는 간절했다.

태어나서 이만큼이나 절박했던 적이 있을까 싶을 정도로 처연했다.

그런 마노에 대한 정범의 대답은 단 하나였다.

"풰!"

핏덩이가 가득 섞인 침 물이 마노의 이마 정중앙에 떡하니 들러붙었다.

침 물이 주르륵 이마를 타고 흘러 눈가를 촉촉이 적시는 감촉이 결코 달갑지만은 않은 마노였다. 당장에라도 눈앞에 있는 정범의 목을 비틀어 죽여버리고 싶다.

하지만 그럴 여유가 조금도 없었다.

때문에 마노는 거친 음성이나마 계속해서 정범을 설득할 수밖에 없었다.

"미친 새끼야! 계속 이러고 있으면 둘 다 죽는다고! 진짜 죽을 속셈이냐?"

"그래. 나 미쳤다. 그걸 이제 알았냐? 너 죽고, 나 죽자. 마노. 그게 세상을 위한 길이고, 모두를 위한 길이다."

"개, 개 같은…… 아니지. 잠시만. 잘 들어 봐. 아해야. 네가 세상을 위한 일을 한다고 누가 알아주기나 할 것 같아? 왜 도대체 네가 희생을 해야 하는 건데? 이딴 우라질 세상이 뭐라고 네가?"

부드러운 음성으로 이루어지는 마노의 음성에 정범의 입가로 미소가 흘렀다.

그 역시 세상 돌아가는 꼬락서니가 마음에 드는 것은 아니었다.

끝도 없는 낙방.

그 속에서 본 부정부패.

천하는 썩었다.

앞으로 더 큰 혼란이 찾아올지도 모른다.

물론 그런 세상 따위 알 바 아니라는 말 또한 당연했다.

하지만, 그 썩은 세상 속에 가족이 있다.

그가 소중히 하는 사람이 있다.

누군가를 소중히 생각하며 힘겨운 하루를 버텨 나가는 사람들 또한 있다.

썩은 부위는 말 그대로 썩은 부위일 뿐.

언제고 세상에 대해 올바른 식견을 가진 의원과 같은 인물이 나타난다면 그 썩은 부분을 도려내 줄 것이다. 그 전에, 자신에게 할 일이 있다면 그 썩은 부분에서도 가장 지독한 검은 덩어리를 애초에 싹부터 잘라내는 것이다.

"……."

정범은 더 이상 가타부타 말이 없었다.

힘이 들었다.

고통을 감내하는 것만도 한계다.

정범은 단 한 가지만을 생각하기로 했다.

마노를 죽인다.

세상의 가장 썩은 부분을 완전히 뿌리째 뽑아버린다.

"빌어먹으으을-! 본좌는 아직 죽고 싶지 않단 말이다!"

마노는 고통을 억누르며 괴성을 내질렀다.

정범을 향해 감출 수 없는 살심을 드러냈다.

생존을 향한 강한 집착이 그의 힘이 되었다.

"끄으윽-!"

신음을 내지르는 마노의 손이 움직였다.

정범의 굵은 목을 휘어잡고는 단숨에라도 부러트려 버릴 듯 핏줄을 세운다.

실제로는 지독한 싸움의 여파로 큰 힘을 줄 수는 없었지만, 사람의 숨을 조를 정도는 되었다.

단숨에 정범의 숨이 턱, 하고 막혀 왔다.

하지만 정범은 흡정마공을 풀지 않았다.

오히려 더 독하게 몰아붙였다.

"네놈만은······!"

다른 곳에 신경이 쏠린 탓에, 조금은 기세가 약해져 있던 마노의 흡정마공이 조금씩 밀리기 시작했다. 그제야 재빨리 마음을 가다듬은 마노가 손에 쥐고 있던 힘을 풀며 다시금 흡정마공에 집중하려 했다.

하지만 그보다 정범의 반응은 더 빨랐다.

정확하게 말해선 흡정마공이 가진 집요함이 너무나 독했다.

잠깐의 틈새를 비집고 파고든 정범의 흡정마공이 마노의 육체를 마구잡이로 뒤흔들기 시작했다. 이대로 계속해서 기세를 잃으면 모든 기운이 빨려 죽게 된다.

한 번의 천운은 있었지만, 두 번은 어찌 될지 모른다.

아찔해진 정신의 마노의 입가로 붉은 핏물이 쏟아졌다.

"카아악-!"

"크큭, 큭."

핏물을 뒤집어 쓴 정범이 흉하게 웃었다.

끔찍하다고까지 할 수 있는 그 모습을 본 마노의 등 뒤로는 소름이 돋아났다.

'이건 나보다 더한 미친놈이다.'

한 번 독기의 싸움에서 밀렸다.

그 기세에 당황해 해선 안 될 실수를 저질렀고, 위기에
봉착했다.

'더 이상은 무리야.'

마노도 이제는 목숨을 건 도박에 나서야 할 차례다.

하지만 이미 흡정마공이 한 번 밀린 마당에 함께 죽자고
싸우기에는 늦은 노릇.

마노가 할 수 있는 선택은 하나였다.

"그래, 어디 한번 다 처먹어 봐라. 돼지 새끼야!"

마노가 흡정마공을 해지했다. 단순히 그 정도가 아니라
오히려 정범의 흡정마공에 힘을 더해 주었다.

고오오-!

고요한 강물을 닮은 내력이 폭포처럼 정범에게 쏟아져
내리기 시작했다.

"읍!"

그는 몸 상태가 좋지 않은 정범에게 있어서도 부담되는
내력의 홍수였다.

어느 정도 유지되고 있던 힘의 균형이 단숨에 무너진 덕
에 생각지도 못한 반발이 찾아온 것이다.

그때가 마노에게는 유일한 기회였다.

"캬악─!"

거친 기합을 토한 마노가 단숨에 몸을 벌떡 일으켰다.

갑작스럽게 쏟아진 많은 양의 기운에 그를 탐닉하는 데 정신이 없던 흡정마공으로서도 아차 한 순간이었다.

"네, 네노옴!"

괴로움에 가득 찬 표정의 정범이 그런 마노의 발목을 잡기 위해 손을 허공에 휘저었다.

마노는 그를 넘어서 단숨에 앞으로 달려 나가기 시작했다. 뒤도 돌아보지 않았으며, 그 어떠한 말도 남기지 않은 채였다. 일반 사람과 다름없는 뜀박질로 달아나는 마노를 보며 정범은 웃음조차 흘리지 못했다.

'저, 저놈이 도망을 가?'

그것도 자신의 모든 내력마저 포기한 채 뛰어나갔다.

상상치 못했던 마노의 행동이었지만, 그를 제지할 힘이 정범에게는 없었다.

오히려 그 와중에 살고 싶다는 욕망 하나로 뛰고 있는 마노가 더 대단할 정도였다.

'우라……질. 죽여야 되는데…….'

멀어지는 마노를 보며 점점 정신이 흐릿해졌다.

한계였다.

第八章

연(緣)

　대룡문에 복귀했던 북궁소가 다시 문(門)을 나섰다.

　문주(門主)이자, 아버지인 용호제의 명을 따를 때를 제외하고는 두문불출(杜門不出)하던 그녀의 갑작스러운 외출 소식에 모두가 놀랐다.

　그렇다고 누가 그녀를 막아선 것은 아니었다.

　아니, 막을 수 있을 리 없었다.

　애초부터 본인이 직접 나서는 일이 잘 없을 뿐 북궁소는 누가 뭐라 하여도 천하제일문의 금지옥엽이다. 크디큰 대룡문 내에서도 그녀에게 제재를 가할 수 있는 인물은 몇 되지 않았다.

그렇게 홀로 사문을 박차듯 떠나온 북궁소가 향한 곳은 다름 아닌 동쪽이었다.

'분명 바다로 간다고 했었지?'

인연이 된다면 또 만난다고들 한다.

헤어질 때 당시, 정범에게 가지고 있던 북궁소의 솔직한 생각이었다.

하지만 대룡문에 돌아가, 모든 임무 보고를 마친 이후 평소와 같이 홀로 수련에 매진하고 있던 그녀의 뇌리에 문득 그런 생각이 떠올랐다.

'그 인연 또한 사람이 만드는 것 아닐까?'

정범과 헤어진 이후로 매일 밤, 잠도 들지 못할 정도로 떠오르는 사람의 얼굴이 있으니 저도 모르게 시작한 자기만족일지 모른다. 그러나 적어도 무작정 참고만 있기에는 성미가 내키지 않는다는 것 또한 사실이었다.

해서 사문으로 복귀한 지 하루도 되지 않아 대룡문을 박차고 무작정 동쪽으로 향했다.

물론 그런다고 하여 정범을 꼭 만나리라는 보장은 없었다.

그는 단지 바다로 향한다고만 했다.

얼마나 머물 것이라고도 이야기하지 않았다.

그래도 가만히 있는 것보다는 확실히 만날 확률이 올라

갈 것이다.

유일한 희망이 북궁소의 발걸음을 이끌었다.

다급한 속도로 이어진 걸음 탓인지, 생각보다 그녀의 여정은 빨랐다.

어느덧 바다 냄새가 북궁소의 코 밑을 간지럽히고 있었으니 말이다.

"헉, 헉……!"

그런 그녀의 바로 옆으로, 당장 죽어도 이상하지 않을 것 같은 안색의 노인이 거친 숨을 토하며 빠르게 지나쳤다.

"저기……!"

놀란 북궁소가 다급하게 노인을 불러 세웠다.

무시하고 지나치기에는 그의 상태가 너무 심각해 보였기 때문이다.

"신경 쓰지 말고 가던 길이나 가라, 계집년!"

하지만 돌아온 대답이 너무나 과격했다.

핏발이 가득 선 두 눈은 내력 하나 느껴지지 않는 노인을 무섭게까지 느껴지게 할 정도였다.

'악인(惡人)인가?'

잘은 모르지만, 적어도 좋은 사람일 거라는 생각은 들지 않았다. 게다가 기껏 도우려는 자신의 마음을 완전히 무시하다 못해 욕설로 화답했다. 북궁소는 그런 사람을 굳이 나서서 도울 정도로 선한 사람이 아니었다.

'악인이라면 차라리 잘된 일이겠지.'

누군가에게 더 피해를 주느니, 저 상태로 죽는 편이 나을 터다.

때문에 북궁소는 더 이상 노인의 발걸음을 잡지 않은 채 다시 앞으로 걸어 나갔다.

하지만 그렇게 이어지던 걸음도 오래가지는 못했다.

흐르는 계곡 물 바로 옆.

피투성이 주검이 된 채 쓰러져 가는 사람을 본 탓이다.

[소공녀!]

놀란 평오가 외쳤다.

북궁소는 망설임 없이 경신법을 사용해 쓰러진 사내에게 다가갔다.

"헙!"

피로 칠해진 그의 얼굴을 본 이후에는 저도 모르게 헛바람을 집어삼켰다.

"정 공자!"

너무나 보고 싶던 사람.

오로지 그 하나만을 보기 위해 바다를 향해 나아가던 그녀가 정범을 만났다.

단지 단 한 번도 상상한 적 없던 만남일 뿐이다.

"그, 그가 맞습니다."

놀란 평오가 모습마저 드러낸 채 말했다.

온몸이 피로 물들고, 죽어가고 있는 상태였지만 누가 보아도 정범이었다. 문득 평오의 머릿속에 다급히 도망치던 노인의 얼굴이 떠올랐다. 어쩐지 좋지 않은 느낌이 떠오른다.

"살려야 해."

북궁소는 다른 생각을 할 여유가 없었다.

정범이 죽어가고 있다.

아직 숨은 이어지고 있지만 너무나 미약했다.

"근처에 큰 마을이 있습니다. 확실하지는 않지만 의원이 있을 겁니다."

평오가 나섰다.

본래 임무의 특성상 그는 북궁소를 도와서는 안 된다.

하지만 이 일은 그녀를 돕는 것이 아니라, 정범을 살리기 위한 일이다. 상부에서 그 정도쯤을 눈감아 주지 못할 정도로 융통성이 없는 건 아니었다.

"빨리 가자. 앞장서."

정범을 들쳐 업은 북궁소가 다급히 말했다.

몇 번 본 적 없는 북궁소의 간절한 안색에, 고개를 주억인 평오가 빠르게 앞으로 뛰쳐나갔다.

지금은 도망치듯 달아난 노인 따위를 신경 쓸 때가 아니라고 생각했기 때문이다.

훗날, 평오는 자신의 이 결정을 땅을 치고 후회하게 되지만 말이다.

*　　　*　　　*

정범을 업은 북궁소와 평오가 떠난 지 한 시진 뒤.

바다 안개를 닮은 기운을 두른 왜소한 체구의 노인이 정범과 마노가 다투었던 격전지에 섰다. 영 노야다. 양 눈매를 깊게 좁혀 내 천(川)자를 그린 그가 신음 섞인 음성을 흘렸다.

"내가 잘못 느낀 게 아니었어. 흡정마공이 분명해."

일평생, 다시는 해왕도를 벗어나지 않겠다고 다짐한 영 노야다.

그런 그가 자신과의 언약을 깨고 세상에 나선 이유가 바로 이 흡정마공이다.

역대 최악, 최고의 마공이라는 흡정마공이 다시 세상에 나타났다.

멀리서 보는 것만으로는 근심을 거둘 수가 없었다.

"하나는 정범, 그 아해의 것이 분명한데…… 하나가 더 있어."

흡정마공은 수많은 마공 중에서도 단연코 제일이라 불릴 수 있는 천하제일마공(天下第一魔功)이다.

여태껏 수많은 무림 역사에 단 두 번밖에 등장하지 않았지만, 그 소유자는 모두가 일대(一代)의 마왕(魔王)이라 불리기에 부족함이 없는 악행을 펼쳤다.

'아니지, 이제는 무림 역사상 세 번째가 있군.'

정범은 특별한 존재였다. 여러 가지 특이점을 제외하고라도, 역사상 흡정마공이라는 극악의 마공을 소유한 채 인성(人性)을 잃어버리지 않은 유일한 인물이기도 했다. 흡정마공 이전에 심어진 여래제마심공의 효용이 큰 덕이다.

그런 정범의 흡정마공은 확실히 특이했다.

여태껏 역사의 기록처럼 기운을 통해 펼쳐지지 않는다는 점이나, 완연한 마(魔) 속에 작게나마 느껴지는 정(正)의 기운까지. 처음 정범의 속에 잠든 흡정마공을 눈치채고 그를 죽이려 했던 영 노야가 손을 거둘 수밖에 없을 만큼 기이한 현상이었다.

때문에 정범의 흡정마공은 확실히 분간이 갔다.

흡정마공이 포식자의 역할을 자처하고 있지만, 근원적으로 보자면 상대를 공격하고 싶은 마음보다는 제 주인을 지키고자 나선 것 같은 느낌마저 있을 정도였다.

하지만 다른 하나는 달랐다.

포악하고 공격적이다.

역사상 등장했던 흡정마공들과 다를 바 하나 없는 진짜 배기 마공이다.

'흡정마공 대 흡정마공의 대결이라.'

최상위 포식자 둘이 붙었다.

어느 쪽이든 건재할 리가 없었다.

'한데 둘 다 자리에 없다……'

직접 싸움을 지켜본 것은 아닌지라, 영 노야가 할 수 있는 일이라곤 그저 추측밖에 없었다. 그 내용 속에서도, 최악을 떠올린 영 노야가 쓴웃음을 지었다.

"무사하기만을 바라야겠군."

정 범에게 전해주려던 해공비검이 남아 있다.

이렇게 허망하게 죽었다고는 믿고 싶지 않았다.

"그리고 나는……"

예정대로라면 해왕도를 떠나선 안 된다.

하지만 또 하나의 흡정마공이 나타난 일이다.

심지어 그 소유자는 완연한 마인이다.

'마노일까?'

정범은 그가 죽었다고 했지만, 쉽게 생을 거둘 정도의 위인이 아니다.

'아니면 새로운 흡정마공의 소유자?'

어느 쪽이든, 위험하다.

게다가 따지자면 놈은 영 노야의 영역에 나타났다.

흡정마공을 보이기 전까지는 일반적인 마인, 혹은 마두라 생각해 지켜보았지만, 최악의 마공을 보게 된 이상 손 놓고 기다릴 수만은 없었다.

'놈을 쫓아야겠다.'

흔적은 두 갈래.

그중 더욱 짙은 마기가 느껴지는 서쪽을 바라본 영 노야의 눈에 짙은 살의가 흘렀다.

'기다려라, 놈.'

*   *   *

"내상이 너무 심각합니다."

평오가 말한 인근의 마을, 초량촌에 들러 곧바로 의원을 찾은 북궁소는 청천벽력 같은 소식을 접했다.

"그게 무슨 말이지?"

싸늘한 음성에, 그녀의 허리춤에 차인 검을 슬쩍 바라본 의원의 등 뒤로 식은땀이 어렸다.

"최선을 다해 보겠지만……."

"돌려 말하지 말고 확실하게 말해."

북궁소는 차가웠다.

지금 그녀는 남을 신경 써줄 수 있을 정도로 여유로운 정신 상태가 아니었다.

"아무래도 의원의 실력이 모자라다 말하는 것 같습니다."

해서 평오가 대신 나섰다.

자신을 무시하는 말이었지만, 서슬 퍼런 기세에 입 한 번 벙긋하기 힘들었던 의원의 입장에서는 천군만마를 얻은 것 같은 기분이었다.

"하면 그가 죽는다고?"

"……."

의원은 아무런 말을 하지 못했다.

평오도 더 이상 입을 열 수 없었다.

짧은 정적이 이어졌다.

탁—!

그 정적을 깬 것은 북궁소의 품에서 나온 작은 목함이 바닥에 떨어지는 소리다.

평오의 눈이 동그랗게 변했다.

의원은 어리둥절한 시선으로 북궁소의 손끝을 떠난 목함을 바라보았다.

"대환단이다. 들어는 봤겠지?"

"예!?"

목함 속 내용물의 정체를 들은 의원이 깜짝 놀라 되물었다.

"이게 있으면 그를 살릴 수 있나?"

의원의 눈에 잠시 망설임이 어렸다.

전설의 명약이라고까지 불리는 소림사의 대환단이다.

일반인이 먹으면 평생 잔병치레 없이 만수무강하며, 무림인이 먹는다면 일 갑자의 내력을 얻게 된다는 천하 전체를 따져 세 손가락 안에 들 보물!

그런 진귀한 물건이 그의 눈앞에 있다.

구전(口傳)대로라면 이 대환단 하나면 다 죽어가는 사람도 살려야 마땅하다.

작금 정범의 상태가 딱 그러했다.

'하지만 만약 실패하면?'

정범도 죽지만, 의원 본인도 죽는다.

무섭다.

지금 의원의 두 눈에는 눈앞의 북궁소가 마치 제 목숨을 앗으러 찾아온 사신(死神)처럼 보였다.

하지만 의원으로서 대환단이라는 전설의 영약을 눈앞에 두고 외면하는 것도 쉽지는 않은 일이었다.

결국, 의원은 제 손 끝에 작은 목함을 쥐었다.

"해, 해 보겠습니다."

"명심해라. 그 약을 쓴 이상 어떻게 해서든 그를 살려야만 한다. 만약 그가 죽는다면……."

북궁소는 더 이상 아무런 말도 하지 않았다.

굳이 이야기하지 않아도 알 일이다.

꿀꺽-!

굵게 넘어가는 의원의 목울대가 그가 모든 상황을 인지하고 있다는 사실을 잘 알려주었다.

"꼭, 살려라."

북궁소의 간절한 말이 이어졌다.

*　　*　　*

소림사의 대환단은 실존하고 있음에도 불구하고, 전설이라고까지 불리는 영약이다.

그 엄청난 효용에, 근원지인 소림사조차 몇 없는 희귀성탓이다.

그러한 보물을 북궁소가 가지고 있다는 사실을 아는 이는 몇 되지 않았다.

본인, 평오, 그리고 그 물건을 전해준 장본인.

전 천하를 따져서 단 셋뿐이다.

[소공녀, 그 대환단은 문주님께서 단 한 번 당신의 목숨을 살려줄 유일한 수단이라고⋯⋯.]

북궁소의 기세가 워낙 서슬 퍼렇기도 했고, 그녀가 정범에게 품은 감정을 알기에 앞서 나서 말리지는 못했지만 아쉬운 마음이 없다면 거짓이다. 의원이 치료하는 동안, 다른 방 안에서 명상에 빠진 북궁소를 향해 평오가 조심스럽게 입을 여는 것도 어쩔 수 없는 일이었다.

"이미 그는 내 목숨을 한 번 구해 줬어."

[⋯⋯.]

"정 공자가 없었다면 썼을 약이고, 설령 그렇다고 해도 확실히 살아남을 수 있을지 모르는 상황이었지. 이게 옳아, 평오. 이게 바로 내가 가진 대환단의 가치야."

[알겠습니다.]

평오는 더 이상 아무런 말을 하지 않았다.

이미 벌어진 일이고, 북궁소의 말이 모두 옳다.

정범에게 고마운 마음을 가지고 있는 것은 평오 역시 마찬가지였던 것이다.

그렇게 침묵의 시간이 흘렀다.

한 시진, 두 시진.

결코 짧지 않은 시간 동안, 북궁소와 평오 모두 입을 열지 않았다.

앉은 자세로 명상에 빠진 북궁소는 눈조차 뜨지 않았다.

하나 그녀가 휴식을 취하고 있는 것은 아니었다.

오히려 북궁소는 지금 모든 의식을 집중해서 방 건너에 있는 정범의 기운을 살피려 하고 있었다.

쉽지 않은 일이지만, 어설프게나마 사람의 생기를 느낄 수는 있었다. 겉으로만 평온하게 보이는 북궁소는 지금, 그 옅은 생기가 혹시 끊어질까 노심초사하고 있는 것이었다.

그렇게 세 시진.

한나절이 모두 흘렀을 무렵이었다.

잠겨 있던 북궁소의 눈이 번쩍 뜨였다.

두다다-, 벌컥!

곧이어 건너편에서 다급히 뛰어 온 의원이 방문을 크게 열어젖혔다.

"고, 공녀!"

어찌나 급히 뛰어왔는지, 양다리에 힘이 풀려 제 자리에 엎어진 의원에게 다가간 북궁소가 말했다.

"알고 있다."

정범의 생기가 더욱 강해졌다.

언제 끊어져도 이상하지 않던 그의 육체가 살아나고 있다.

아니, 이제는 완전히 살았다고 해도 과언이 아니다.

"고맙다, 정말로, 진심을 다해 감사하고 있다."

북궁소의 시선이 그 많은 시간 전쟁과도 같은 고생을 한 의원을 향했다.

의원은 그 짧은 인사로 만족했다.

침을 잡은 의원으로서 대환단이라는 전설의 명약도 써보았으며, 본래 죽을 사람마저 살려 보았다.

아주 짧은 감정일 뿐이지만, 지금만큼은 스스로가 전설의 화타(華佗)라도 된 기분이었다.

그 사실만으로도 의원은 하늘을 날 것 같은 기분을 느꼈다.

"평오, 의원에게는 금자 백 문을 포상으로 주도록."

"예."

그 뒤를 따른 엄청난 보상에, 의원의 눈은 더 없을 감격으로 젖어들었다.

"감사합니다, 공녀!"

의원의 감사에, 짧게만 고개를 끄덕인 북궁소가 다급한 걸음으로 정범이 잠들어 있는 방으로 향했다.

문을 열고 들어서니, 일전에 비해 훨씬 편해진 얼굴로 곤히 잠들어 있는 정범의 모습이 보였다.

얼굴까지 보자, 이제야 완전히 그가 살아 있다는 사실이 와 닿는다.

손을 뻗어, 조금은 거친 그의 볼을 쓰다듬은 북궁소는 아무도 모르게 작은 미소를 비추었다.

"아무래도, 우리 인연(因緣)이 가볍지는 않나 봐요."

그 미소는 모두가 평소에 알던 북궁소의 것이 아니었다. 이제 막 피어나는 꽃과 같았으며 어린 소녀와도 닮아 있는 밝은 웃음이었다.

*　　*　　*

정범을 제외한 또 다른 흡정마공을 쫓던 영 노야는 지친 와중에도 교묘하게 달아나는 상대에 대해 감탄을 느낀 것도 잠시, 곧 엄청난 혼란에 빠졌다.

'이게 뭐야?'

마기(魔氣)가 느껴진다.

흡정마공을 쫓고 있으니, 당연한 일이라고 생각할지도 모른다.

문제는 생각보다 그 마기의 수가 어마어마하게 많다는 점이었다.

'어디서 이렇게 많은 수의 마인이 튀어나왔단 말인가!'

이미 흡정마공을 익힌 이가 누구인지도 알 수 없게끔 되었을 정도로 수많은 마인이 그의 주변을 에워싸고 있었다.

그의 추적을 알고, 꼬리를 끊기 위해 나섰다는 느낌이었다.

슈슈슉-!

어둠 속에서 신영을 드러내는 그들을 보며, 영 노야는 당황만큼이나 진한 분노를 오랜만에 느꼈다.

"이놈들이…… 감히 나를 무엇으로 보고."

마인이라고는 하지만 이제 막 마공을 배운 애송이들.

마졸(魔卒)이라고밖에 표현할 수 없는 하찮은 무인 몇으로 감히 그의 앞을 막아서고 있다. 결론적으로만 말하자면, 정체 모를 마인들의 작전은 성공적이었다. 흡정마공의 주인이 누구인지, 어디로 향했는지 무엇 하나 알 수 없게 되었으니 말이다.

"내가 이깟 마졸 놈들 따위에게 막혀 추적에 실패하다니……."

영 노야의 입가로 헛웃음이 흘러나왔다.

하나 두 눈에 흐르는 살기는 당장에라도 폭주할 듯 마구잡이로 튀어 올랐다.

"오랜만에 혈무(血舞)를 한번 추겠구나."

악연(惡緣)이 이어지고 있었다.

第九章

숭산으로

정범은 꿈속을 헤맸다.

악몽이었다.

그 꿈 안에서 정범은 끊임없이 싸웠으니 말이다.

첫 상대는 마노였다.

지독한 악연의 상대, 넘을 수 없을 것 같은 벽.

결국 정범은 꿈속의 마노에게 당해 죽었다.

하지만 영원한 안식은 아니다.

시간은 돌아가고, 새로운 싸움이 시작되었다.

다음 상대는 굉언 대사였다.

겪어 본 적은 없지만, 지켜본 적은 있다.

그의 압도적인 무위는 마노를 압박할 만큼 무시무시한 것이었다.

당연하다는 듯이, 정범은 두 번째 패배를 겪었다.

세 번째 무연 진인과의 싸움 역시 마찬가지였다.

네 번째 상대는 맹우도였다.

잘 쳐줘야 이류무인.

정범은 이번에야말로 자신을 가졌다.

한데 또다시 패배했다.

그 뒤로도 많은 싸움이 이어졌다.

초우, 구종후, 소군, 삼마페, 북궁소 등.

하지만 정범은 단 한 번도 누군가를 이기지 못했다.

무력(無力)하였다.

무한한 싸움 속에서 연속된 패배만이 있을 뿐이다.

정범의 뇌리는 혼란에 빠져들었다.

이번에는 시험관도 없었다.

부정부패(不正腐敗)도 없다. 하지만 계속해서 실패하고, 죽게 된다. 마음 한편에 두려움이 피어올랐다.

'난 이길 수 없단 말인가?'

무엇도 될 수 없다는 불안감이 그를 집어삼키려 했다.

그 순간, 다시 한 번 그의 앞에 모습을 드러낸 이는 다른 누구도 아닌 정범 자신이었다.

의기소침한 그를 향해, 기묘한 미소를 지어 보인 그가 얼굴에 가면을 덧댄다.

수라귀다.

그제야 상대의 정체를 눈치챈 정범의 심장에 섬뜩함이 찾아왔다.

'너……?'

정범의 놀란 음성에, 수라귀가 말했다.

'이제 그만 포기하고 온전히 나를 받아들여라. 선(善)은 올곧고 존경받지만 강할 수는 없다. 하지만 악(惡)은 다르다. 비록 길에서 돌을 맞을지언정 강하다. 약한 너 자신을 뛰어넘을 수 있는 유일한 길은 악이 되는 것뿐이라는 걸 너도 알고 있지 않느냐?'

'……'

평소 같았으면 거친 말과 함께 반박하며 수라귀를 찍어 눌렀을 정범이었지만, 이번만큼은 입을 열지 못했다. 또다시 눈앞에서 마노를 놓쳤다. 그에게 죽을 뻔하였다. 악이 받쳐, 함께 죽자며 오기를 부렸다. 꿈속에서는 영원한 낙방과 같은 끝나지 않는 패배를 마주했을 뿐이다.

'자, 정범. 고민할 시간이 없어. 강해지지 않으면 너는 죽게 돼. 그리고 거듭 말하지만, 강해지기 위해선 악이 필요하다. 나는 너의 악이다. 네가 하지 못하는 일을, 대신할

수 있는 유일한 악!'

꿈속의 수라귀가 정범에게 가까이 다가오며 검을 뽑아든다.

스르룽−!

유달리 예리한 소리가 정범의 마음을 파고들었다.

이제 곧, 조금만 시간이 더 지난다면 저 검은 마음이 아닌 몸속까지 파고들 것이다. 알고 있다. 하지만 정범은 그저 멍하니 눈앞으로 다가오는 수라귀의 검을 바라볼 수밖에 없었다.

'오래 걸리진 않을 거야. 네가 정신을 차릴 즈음이면 내가 모두 끝내놓았을 테니까.'

수라귀의 말은 요부의 비음과도 같았다.

달콤한 꿀을 닮아 있기도 했다.

'그래, 나는 편안히 기다리기만 하면 되는 거겠지?'

정범이, 그 목소리에 취해 고개를 주억이며 수긍한다.

가면 아래로 미소를 지은 수라귀는 정범의 목젖 바로 아래에 검을 가져다 댔다.

'좋은 생각이야.'

'그래, 좋은 생각이지.'

'……한데 왜, 내 검을 막고 있는 거지?'

미소 짓던 수라귀의 미간이 찌푸려졌다.

안 그래도 흉측하던 가면은, 흉신악살보다도 더 무서운 모습으로 일그러진다. 어느덧 자신의 손을 들어 수라귀의 검날을 움켜쥔 정범이 쓴웃음을 지었다.

'그렇게 하면 편안하기야 하겠지. 하지만 정의는 없겠지.'

'정의? 정의가 중요하나? 이 마당이 되어서도 정의 타령이라니! 하! 네가 말하는 그깟 정의나 찾아 헤매다가 이 꼴이 된 것을 잊은 게냐, 정범!? 네게 필요한 것은 하찮은 아량이나 자비가 아닌 힘과, 독심이다! 그렇지 않으면 너는 평생 마노를 이길 수 없어!'

수라귀가 발악하듯 외쳤다.

'중요하다. 수라귀. 너를 달리 부르지만 결국 너는 나다. 모르는 것은 아니겠지? 비록 지금 붓 대신 검을 들고 싸운다지만 글을 통해 익히지 않았느냐? 세상을 위한다고 하여도, 그 역사가 올바른 정의 위에 쓰이지 않는다면 결국 또 다른 악을 만들 뿐이다. 원한은 원한을 낳을 뿐. 내가 쌓은 업보는 결국 또 다른 마노 혹은 그 외의 악인을 만들 뿐이다.'

'개소리! 너야말로 알고 있지 않느냐? 네가 그 같잖은 정의를 구현한다 하여도 또 다른 마노는 어디서든 나타난다. 악은 어디든 존재한다. 어둠이 없는 빛은 세상에 존재하지 않는다는 것을 모르는 것이냐?'

'어둠을 부정하겠다는 것이 아니다. 단지 내가 그 어둠의 근원이 될 필요는 없다는 거지.'

'말이 안 통하는군!'

'모순(矛盾)이지.'

정범의 쓴웃음이 더욱 짙게 번졌다.

결국 자신과의 대화일 뿐이다.

그 속에서 말이 통하지 않는 똑같은 '나'를 만나고 있다.

이보다 더한 모순이 어딨겠는가?

그런 정범을 바라보는 수라귀의 눈에 독기가 어렸다.

'말로 안 된다면 힘으로 하는 수밖에 없겠지.'

본래의 수라귀는 육체의 주인 격인 정범과 싸울 수 없다. 정확하게 말하자면 싸움이 되지 않는다. 수라귀가 모습을 나타낼 수 있는 것 역시 정범의 허락 하에서만 가능하다는 게 그 증거다.

하지만 지금 정범의 육신은 완전히 의식을 잃은 채였다.

언제 목숨을 잃어도 이상하지 않은 상황.

이런 때라면 수라귀의 입장도 달라진다.

'네놈을 죽이고, 내가 육신을 가지겠다.'

검을 쥔 손에, 힘을 준 수라귀가 앞으로 걸음을 내디딘다. 그에 밀려 자연스럽게 뒤로 물러난 정범의 손아귀 아래로는 붉은 핏물이 흘러내렸다.

'네 마음을 모르지 않는다. 내 마음이 곧 너와 같은 것이
니. 하지만 분노로 모든 것을 해결할 수는 없는 법이다.'

'내 마음이 너의 마음이기에 더욱 화가 나는 거다, 정범!'

수라귀의 검이 정범의 손을 찢어놓으며 점점 더 가까이
다가온다. 걱정 가득한 눈빛으로, 그 모습을 바라보던 정범
의 머리 위로 문득 내리쬔 황금빛은 누구도 예상하지 못했
던 일이었다.

'뭐, 뭐야?'

가장 먼저 수라귀가 당황했다.

머리 위에 떠오른 태양을 닮은 황금빛이 그의 힘을 앗아
가고 있었다.

반면 지쳐 있던 정범에게는 생기와 활력을 불어넣고 있
었다.

'대체 저건 뭐냔 말이다!'

당황한 수라귀가 다급히 정범을 죽이기 위해 검을 휘둘
렀다.

하지만 황금빛 태양 아래 몇 배나 힘이 강해진 정범은 더
이상 수라귀가 상대할 수 있는 이가 아니었다.

'그만하자, 수라귀.'

황금빛 태양의 힘을 받아, 검을 밀어낸 정범이 당당한 눈
으로 수라귀를 바라보았다.

'네 말대로 나는 패배자다. 힘이 부족하기도 하지. 하지만 그렇다고 해서 틀린 방법을 택할 정도로 마음이 약하지도 않다. 수라귀. 네 분노는 잘 알고 있다. 하지만 네 선택을 존중할 수는 없다. 너는 틀렸다. 수많은 희생 위에 올린 정의는 결코 정의라 불릴 수 없는 법이다.'

'어째서! 너는 옳고 나는 그른 것이냐? 너와 나의 생각이 같거늘 어찌하여 그를 갈라 본다는 말이냐!? 나는 널 이해할 수 없다, 정범. 평생을 가도 이해하지 못할 것이다!'

황금빛 태양 아래, 원한을 토한 수라귀가 한여름 태양을 받은 눈처럼 녹아 바닥으로 스며들어 사라졌다.

그 흔적을 무심히 지켜보던 정범의 입가로 자신을 향한 조소(嘲笑)가 어렸다.

'네가 곧 나일진대. 네가 나를 이해할 수 없을 리가 없지 않느냐. 단순한 내 고집일 뿐이겠지.'

황금빛 태양의 힘은 더욱더 그의 생명을 북돋고 있었다.

이제는 정말 끝일지도 모른다고 생각하던 그에게 삶의 희망을 주고 있었다.

그러한 황금빛 태양 뒤.

"아무래도, 우리 인연이 가볍지는 않나 봐요."

마음을 적시듯 쏟아지는 익숙한 목소리에 정범의 입가에 어려 있던 조소가 사라졌다. 대신해서 떠오른 것은 묘한 그리움이다.

'나도 참, 어지간히도 보고 싶었나 보군.'

사람의 마음이란 정말로 알 수 없는 것 같았다.

*　　　*　　　*

"꿈이 아니었나?"

제일 처음, 눈을 뜬 후 자신의 바로 옆에 가부좌를 틀고 앉은 북궁소를 발견한 정범이 놀라 내뱉은 말이었다. 꿈속에서 수라귀와 싸웠다. 제 자신, 마음과의 다툼이다. 북궁소의 따뜻함을 닮은 태양과, 목소리를 마주했을 때는 더욱 힘이 났다.

참으로 그립다는 생각도 들었다.

한데 그 그리운 사람이 눈앞에 있다.

깊은 명상에 빠졌는지 미동도 하지 않고 있었지만, 잊을 수 없는 아름다운 외모의 소유자인 그녀는 분명 북궁소였다.

"허, 허허……."

정범의 허탈한 웃음이 그녀의 명상을 방해한 것일까?

곱게 감겨 있던 북궁소의 눈꺼풀이 천천히 뜨인다.

"정 공자."

눈을 뜬 정범을 향해, 말을 건네 오는 그녀의 모습에 정범은 다시 한 번 이 현실이 꿈이 아닐까 의심해야만 했다.

"정 공자?"

눈을 깜빡이며, 정범에게 다가온 북궁소가 몸을 앞으로 기울인 채 묻는다. 덕분에 편안히 풀려 있던 앞섶이 더욱 벌어져 봉긋한 속살이 살짝 엇비친다. 그 생동감 있는 모습과, 그를 확인한 제 몸의 반응에 화들짝 놀란 정범이 다급히 입을 열었다.

"예, 예. 저 정 공자 맞습니다."

남자로서는 어찌할 수 없는, 갑작스럽게 들어온 아랫도리의 반응에 완벽히 현실을 인지한 정범이 빠르게 시선을 회피했다. 얼굴을 붉힌 그를 보며 북궁소의 얼굴에는 걱정이 어렸다.

"혹시 아직 몸이 불편하신 건가요? 그렇다면 당장 의원을……."

"아, 아닙니다!"

북궁소의 놀란 모습에, 재빨리 부정에 나선 정범이 조심스럽게 호흡을 가다듬으며 입을 열었다.

"단지…… 북궁 소저가 이곳에 있는 것에 너무 놀라서."

"아……."

그제야, 정범의 당황을 이해한 북궁소가 얼굴을 붉히고

는 다시금 제 자세를 잡았다.

"죄, 죄송해요. 제가 너무 경황이 없었죠."

"아닙니다. 꿈속에서 북궁 소저의 목소리를 들은 것도 같았는데, 그게 진짜일 줄은……."

"그래도…… 무사해서 다행이에요."

"그러게 말입니다."

서로를 조심스럽게 바라본 두 사람이 멋쩍게 웃는다.

잘 표현하지는 못하지만, 서로를 그리워하고 있던 두 사람인 만큼 주변을 감돌던 어색함은 순식간에 사라졌다.

"잘 지냈어요?"

질문을 한 직후, 북궁소의 표정이 오묘하게 변했다.

첫 발견 당시 반 시체 상태였던 사람이었다.

잘 지냈냐는 질문 자체가 우스울 수밖에 없었다.

"조금 일이 있긴 했지만…… 덕분에 잘 지낸 것 같군요."

다행히 정범은 대수롭지 않게 말을 받았다.

잘은 모르지만, 그녀의 도움이 있었기에 자신이 무사했다는 사실만은 알 수 있었던 탓이다.

"일단은 방금 눈을 뜨셨으니, 푹 쉬세요. 그 어느 때보다 안정이 필요하실 테니까요."

"고맙습니다. 한데 북궁 소저도 조금 쉬셔야 하는 것 아닙니까?"

"예? 저는 괜찮은데……."

놀란 북궁소가, 혹시나 하는 마음에 자신의 양 볼을 손으로 더듬어 보았다.

평생을 무기를 잡은 탓에 굳은살이 가득 베인 손에서는 별 감촉을 느끼기가 힘들었다. 하지만 뚫어져라 보고 있는 정범의 시선을 마주하고 있자니 어딘가 까끌하다는 생각도 들었다.

'피부 관리란 걸 좀 해 봐야 하나.'

태어나서, 평생을 생각지 않았던 단어를 떠올린 북궁소의 얼굴이 더욱 붉어졌다.

대체 자신이 왜 이러는지 알 수는 없지만, 나쁜 기분은 아니었다.

"눈 밑에 검은 기미가 많이 졌습니다. 절 돌보시느라 거의 못 주무신 것 같은데……."

"아……!"

그제야 정범이 바라보던 곳이 어딘지 알게 된 북궁소가 빠르게 눈 밑을 더듬었다.

만져서는 알 수도 없는 부위라지만, 어쩐지 칙칙해 보일 것 같아 신경이 쓰이기 시작하는 것은 또 어쩔 수 없는 일이었다.

"이, 일단 알겠어요. 조금 피곤한 것뿐이니까……."

양 눈 아래를 손으로 가린 채, 자리에서 벌떡 일어난 북궁소가 등을 돌리며 말했다.

"아, 아주 조금만 쉬다 올게요. 정 공자도 푹 쉬시고 이따 봬요!"

북궁소는 마지막 말을 남기고 도망치듯 방 밖으로 향했다.

"……귀엽군."

홀로 방에 남은 정범은 헛웃음을 지은 후, 자신이 내뱉은 말에 다시 한 번 웃음을 보였다.

'나도 참 큰일이야.'

마노가 부활했다.

그리고 그와 싸웠고, 눈앞에서 놓쳤다.

큰 위기가 다가왔음에도 불구하고 눈앞의 여인에 빠져 정신을 차리지 못할 정도다.

'사람 마음이란 참…….'

우습게도 느껴질 정도다.

'그나저나 이를 어쩐다.'

결국 마노를 죽이지 못했으니, 언젠가 그와 또다시 만나게 될 것이다. 그때는 지금처럼 쉽지 않을 게 당연했다.

'내가 만만치 않다는 걸 이번 기회에 배웠겠지.'

이번에 찾아온 마노는, 정범을 얕봤다.

작은 힘만 회복해도 충분히 그를 압도할 수 있을 것이라 생각하고, 방심했다. 덕분에 기회를 엿볼 수도 있었으며, 마노를 죽음의 위기까지 몰고 갈 수 있었다. 만약 마노가 전력(全力)을 회복한 상태에서 찾아왔다면 꿈도 꾸지 못했을 일이다.

하지만 그런 행운도 이제 끝이다.

'다음에는 분명 전력으로 온다.'

이미 두 번이나 방심하다 큰 화를 본 마노다.

세 번째까지 쉽게 상대할 수 있을 것이라고는 생각하지 않는 게 좋았다.

'역시 이번에 죽였어야 했는데.'

아쉬움에 입맛이 다셔지지만, 이미 놓친 기회가 다시 돌아오지는 않는다.

'무한회귀에 갇히지 않는 이상은 말이지.'

물론, 두 번 다시 겪고 싶지 않은 경험인 것 역시 사실이었다.

어찌 됐든, 당면한 문제는 다음에 마노가 찾아왔을 때 어찌 상대하냐는 것이었다. 전력을 회복한 마노는 마왕이라 부르기에 부족함이 없는 초 강적이다. 그런 마노가, 만반의 준비까지 갖춘 채 정범에게 찾아오게 된다. 꼼수도 더 이상 통하지 않을 확률이 높았다.

'방법은 정공법뿐인가.'

결국, 남은 답은 하나뿐.

정범 자신이 그런 마노에 위축되지 않을 만큼 강해지는 방법만이 남는다.

'엄청 바빠지겠군.'

단순히 정처 없이 이어지던 여정의 목표를, 수련의 완성으로 바꾼다. 다행히 근방에 지금의 정범을 도와줄 수 있을 만한 인물이 존재했다.

'영 노야라면 분명 도와주시겠지.'

한때는 투신이라 불리던, 마노에 비해 부족하지 않은 인외천 고수의 얼굴을 떠올린 정범의 두 눈에 열의가 타올랐다.

*   *   *

정범은 몸이 회복되자마자, 다시금 해왕도를 향해 떠났다. 딱히 별다른 임무가 없는 북궁소도 그 뒤를 따랐다. 조금 걱정도 되는 정범이었지만, 단지 정범과 함께 바다를 보고 싶을 뿐이라는 그녀를 떨쳐낼 이유는 어디에도 없었다.

그렇게 정범이 소해촌에 돌아왔다.

"정 소협! 갑자기 사라지셔서 놀랐습니다!"

"무사히 돌아오셨군요. 정말 다행입니다."

많은 사람들이 정범을 반기는 모습에, 북궁소의 입가로 절로 미소가 떠올랐다.

'소협이라니……'

제가 듣는 것도 아니고, 남이 듣는 말이 이토록 기분 좋을 줄은 몰랐다. 그런 사람들이 열성을 다해 정범이 해왕도를 향하는 것을 돕겠다 나서니, 들뜬 기분이 구름 위까지 날아갈 듯 더욱더 떠오른다.

"마을에서 대단한 일을 하셨나 보네요."

"그저 작은 도움을 주었을 뿐입니다."

"정 공자의 작은 도움이, 누군가에게는 큰 희망이 될 수 있는 법이죠."

새삼, 마을 사람들의 기분을 알 것 같은 느낌이었다. 그녀의 말에 정범이 머쓱한 웃음을 지었다.

그렇게 마을 청년들이 이끄는 배를 타고 해왕도에 도착하니, 정범을 맞이한 것은 다름 아닌 해왕문의 문주 백청이었다.

"이야, 이게 누구신가. 우리 정 소협 아닌가!"

"반갑습니다. 문주님."

정범의 귀환 소식에 맨발로 선착장까지 뛰어나온 백청이 웃는 낯으로 고개를 주억였다.

"저도 참 반갑습니다. 한데, 옆에 계신 이 어여쁜 선녀 같은 소저분은 누구신지?"

"아, 그녀는……."

북궁소에 대해 설명하려던 정범의 말문이 잠시 막혔다.

그녀를 아낀다.

아마 여인을 보고, 이러한 감정을 느낀 적이 처음이라고 할 정도로 정범의 마음은 북궁소를 향해 있었다. 하지만 정작 그녀에 대해서 알고 있는 것은 너무나 적었다. 기껏해야 이름? 사문? 물론 그것만으로 북궁소를 소개하기에는 부족함이 없을 터다.

하지만 정작 자신이 북궁소에 대해 알고 있는 사실이 적다는 것을 깨달으니 저도 모르게 말문이 막혀버렸다.

"대룡문의 북궁소입니다."

다행히 북궁소는 이러한 일에 익숙한 편이었다.

용호제의 명을 받아 홀로 강호를 주유하다 보면, 자연스레 누군가와 연결되어 일을 하게 되는 때가 많다. 그럴 때면 허울뿐인 그녀의 신분도 큰 도움이 되기도 했다. 누구라도 한눈에 북궁소를 알아보았으니 말이다.

이번에도 다르지 않았다.

"철혈빙공! 설마 북궁 문주의 금지옥엽이실 줄이야……."

"만나서 반가워요. 백 문주님."

놀라는 백청을 향해, 살짝 미소를 보인 북궁소가 말했다.

"허, 허허. 이것 참. 소문이란 것이 정말 믿을 게 못 되는가 봅니다."

"소문?"

생각지 못한 백청의 반응과, 소문이라는 말에 정범의 귀가 번뜩 뜨였다.

"세간에 흔히 있는 헛소문이지요. 이토록 아름다운 미소를 지을 줄 아는 분에게 철혈빙공이라니……."

그 명성만 들었지, 처음으로 북궁소를 본 백청은 혀를 차며 고개를 내저었다. 하필 오늘이, 북궁소의 기분이 매우 좋은 날이라고는 조금도 상상하지 못했기에 가능한 일이었다.

"철혈빙공이라……."

정범 역시 그녀의 별호를 읊조리며 고개를 주억였다.

굳이 더 소문에 대해 묻지 않아도 그 이름을 들으면 어떠한 내용인지 알 것도 같았다.

'대룡문의 금지옥엽이라고?'

그녀가 천하오패 중 하나인 대룡문의 소속인 것은 알고 있었다.

한데 금지옥엽이라니?

대룡문주의 하나밖에 없는 딸이 북궁소일 거라고는 정말

상상도 못 했었다.

잠깐의 당황이 찾아왔지만, 곧 정범은 수많은 상념을 갈무리할 수 있었다.

'그렇다고 한들 무슨 의미가 있을까.'

정범이 만난 사람은 대룡문의 금지옥엽이기 이전에, 북궁소라는 한 여인이었다. 설령 그녀의 신분을 안다고 해서 바뀔 것은 어디에도 없었다.

그런 정범의 변화를 바로 옆에서 지켜본 북궁소의 눈에 이채가 감돌았다.

'많이 놀랄 줄 알았는데……'

물론 놀라긴 했다.

하지만 그 감정을 추스르는 속도가 굉장히 빠르다.

게다가 북궁소를 바라보는 눈빛 역시 조금의 변화도 없었다. 그 사실이 그녀를 안심하게 했다. 저도 모르게 미소를 짓게 될 정도다.

"이리 서서 이야기할 게 아니라 일단 안으로 드십시다. 굳이 찾아온 이유가 있을 테니……"

재촉하는 백청을 바라보며, 고민하던 정범이 조심스럽게 전음을 흘렸다.

[죄송하지만 여유가 없어 본론만 말씀드리겠습니다. 오늘은 문주님을 뵈러 온 게 아닙니다.]

정범의 심각한 표정과 음성에, 범상치 않은 기색을 느낀 백청이 놀란 눈으로 답했다.

[나를 보러 온 게 아니라면 어이하여……?]

[해왕도에 살고 계시는 큰 어른을 알고 있습니다. 그분과 약속을 지키기 위해 왔습니다.]

[큰 어른? 설마…….]

이번에는 백청의 눈이 크게 떨렸다.

따지자면 현재 해왕문의 최고 어른은 문주인 백청이다.

하지만 그보다 더 어른이 없는 것은 아니다.

현재 일선에서 물러나 실질적인 권력만 없을 뿐, 전대에 문파를 운영했던 원로들이 그 첫째다.

문파의 가장 깊숙한 곳에 숨겨져 있는 원로전, 그곳에 은 거한 그들은 바깥세상의 일과는 완전히 연을 끊은 채 그 내 부에서 자신들만의 취미를 즐기며 여생을 살아간다. 그런 그들이 직접 문파의 일에 나설 때는 거의 없다고 보아도 과 언이 아니었다.

본래 정범이 어른이라 말한다면 그러한 원로들을 떠올리 는 게 옳았다.

하지만 그럴 수만도 없는 게, 백청이 아는 범위 안에서는 원로들은 단 한 명도 최근 십여 년간 원로전 바깥을 벗어 난 적이 없다. 아무리 원로라 하여도 외부 활동에 나설 때

는 그의 허락을 받고 나가야 하니, 이 기억에는 의심할 것
이 없으리라.

하지만 단 한 명.

그의 허락을 받을 필요 없이 멋대로 활동할 수 있는 사람
이 있다.

애초에 지금의 원로보다 더 윗세대에 속하기에 원로라고
보기도 힘든 인물.

아주 어린 시절, 조막만 하던 백청이 동경했던 큰 어른의
얼굴이 아련하게 떠올랐다.

'십 년 전 사건 이후로는 산 밖으로 나서신 적이 없던 분
인데 어찌하여……?'

백청은 의문을 거두었다.

애초에 그 어른의 의중을 읽으려 한다는 것 자체가 그에
게 있어서는 무리다.

확실한 건 지금 눈앞의 정범에게 자신이 기억하는 큰 어
른의 유지가 이어지고 있다는 사실이었다.

[무슨 말인지 알겠습니다. 노야를 뵙고 싶다면 해왕봉으
로 가시지요. 자세한 위치는 알고 계십니까?]

[예, 한 번 찾아 뵌 적 있습니다.]

정범의 답에, 생각보다 두 사람의 연이 깊은 것을 느낀
백청이 고개를 주억였다.

[알겠습니다. 부디 오신 일 잘 해결되시길 바라겠습니다.]

영 노야를 찾을 정도의 일이라면, 감히 그가 해결할 수 있을 정도의 수준이 아니다.

때문에 본래 소용군에게 약조해 두었던 두 사람의 대련 약속도 미룬 백청이 정범에게 길을 열어주었다.

문주가 허락한 길이기에, 이번에야말로 누구도 정범을 막아서지 않았다.

그렇게 해서 도착한 해왕봉.

깎아지른 듯한 가파른 절벽 위를 노려보던 정범이 단숨에 허공으로 도약했다.

"하……."

그 놀라운 신법에 밑에서 기다리기로 한 북궁소의 입에서 탄성이 흘러나왔다.

잠깐 보지 않는 사이, 또다시 비약적인 성장을 거두었다. 그래도 처음에는 그 수준을 짐작이라도 할 수 있었는데, 지금은 정범이 얼마나 강한지 추측도 되지 않았다. 짧은 움직임이라고는 하지만 그녀가 쫓을 생각조차 들지 않았으니 말이다.

'저런 정 공자를 반 시체로 만든 상대는 누굴까?'

정범은 자세한 이야기를 해 주지 않았다.

다만 적은 하나였고, 꼭 죽여야 할 인물이라고만 했을 뿐이다.

문득 자신을 스쳐 지나갔던 힘없어 보이던 노인을 떠올린 북궁소였지만 곧 고개를 저었다.

그런 노인이 정범을 죽음의 위기로까지 몰았단 사실을 믿기가 힘든 탓이다.

그렇게 생각을 정리하는 사이, 절벽 위로 올라갔던 정범이 다시 지면으로 뛰어내렸다.

'또 이별인가?'

정범은 한동안 이곳에서 수련에 매진해야 한다고 했다.

무작정 따라 나선 북궁소였지만, 더 이상 쫓을 수 없는 시기가 언제란 것쯤은 안다.

바로 지금이 그때다.

때문에 다음에 꼭 찾아와 달라는 마지막 부탁만을 남기려던 북궁소였다. 한데 지면에 도착한 정범의 말은 그녀의 예상과 생각을 깨버렸다.

"없습니다."

"네?"

"제게 도움을 주시기로 하셨던 큰 어른이 자리에 안 계십니다."

"그러면 어떻게 하죠?"

북궁소의 얼굴에도 당황이 어렸다.

정범 역시 생각지도 못했던 상황인 만큼 곤란한 표정을 지을 수밖에 없었다.

"우선 찾아볼까요? 해왕문의 도움을 받고 대룡문의 힘을 빌린다면 가능할지도 몰라요."

"노야께서 싫어하실 겁니다."

말은 그렇게 했지만, 정범 역시 북궁소의 의견에 귀가 솔깃해지는 것이 사실이었다.

언제 마노가 모든 힘을 회복해 돌아올지 모르는 지금, 정범의 입장에서는 한시라도 급하게 수련을 시작하고 싶었으니 말이다.

"일단 기다려 보죠. 잠시 외출을 하신 것일 수도 있으니까요."

정범의 말에, 고개를 주억인 북궁소가 제자리에 주저앉았다. 그 생각지도 못한 털털한 모습에 정범이 의외의 시선으로 그녀를 바라보았다.

"뭐해요? 서서 기다리는 것만큼 힘든 일도 없다고요."

북궁소는 아무렇지도 않게 자신의 옆자리를 툭툭 두들기며 말한다.

웃음을 지은 정범이 바로 그 옆에 앉았다.

"만약 노야께서 안 돌아오시면 어찌하실 예정이에요?"

북궁소는 영 노야에 대해 모른다.

단지 정범이 노야라고 부르니, 그리 알 뿐이다.

굳이 더 뽑자면, 높디높은 절벽 위에 거처를 만들어 사는 인물인 만큼 범상치 않다는 것쯤까지 알 수 있다. 그 외에는 무엇도 모르지만, 정범이 이토록 신뢰하는 사람이니 약속을 무작정 저버렸을 것이라는 생각은 들지 않았다.

그녀가 말하는 만약이란 어디까지나 영 노야에게 무슨 사정이 생겼을 경우였다.

"글쎄요. 혼자서 수련이라도 하면서 기다려야 하려나."

거처인 만큼, 언젠가 영 노야도 돌아오게 되어 있다.

하니 홀로 수련을 하는 것도 나쁘지 않을 터다.

문제는 그 영 노야가 언제 돌아오느냐는 것이지만 말이다.

'이미 떠난 지 한참이 됐어.'

정범이 영 노야의 거처에 들어가자마자 가장 처음 느낀 감촉은 한기(寒氣)였다. 이후에 목격한 것은 오랫동안 방치된 것 같이 먼지가 쌓인 주변 공간이었다. 혹시나 하는 마음에 안을 더 둘러보았지만, 생각에는 변화가 오지 않았다.

'대체 무슨 일이 생기신 걸까?'

북궁소와 마찬가지로, 정범 역시 영 노야가 아무 이유 없이 약속을 지키지 않았을 것이라는 생각은 들지 않았다.

단지 어떠한 사정이 생겼는지 짐작이 가지 않을 뿐이며, 얼마나 시간을 필요로 할지는 더 모르겠다는 사실이 갑갑할 뿐이었다.

'달리 방법이 없나?'

현재로서는 의존할 곳도 마땅히 없는 마당.

북궁소는 돌려보내고 끝까지 혼자라도 기다려보기로 결심한 정범이 입을 열려 할 때였다.

끼이익-!

하늘에서부터 기이한 새 울음소리가 들렸다.

놀란 정범이 시선을 돌리자, 허공을 몇 바퀴나 선회한 매한 마리가 빠른 속도로 북궁소를 향해 날아들었다.

"북궁 소저!"

놀란 정범이 다급히 외쳤지만, 의외로 북궁소의 모습은 평안해 보였다. 아니, 오히려 더욱 차가워진 듯한 느낌을 주었다.

"천조예요. 문파 내에서 연락망으로 사용하는 새죠."

짧게, 정범에게 설명을 건넨 북궁소가 팔을 들자 속도를 줄인 천조가 조심스럽게 그녀에게로 안착했다. 북궁소는 그런 천조의 발목에 묶인 전통을 풀어 자연스럽게 글을 읽어내려 간다.

이후, 아주 미세하게지만 양미간이 찌푸려졌다.

"하아……."

한숨을 내쉰 그녀가 알겠다는 듯 천조를 향해 고개를 주억였다.

그러자 놀랍게도, 천조는 그 말을 알아듣기라도 한 듯 함께 고개를 주억이고는 하늘을 향해 다시금 날아올랐다.

푸드득-!

날개짓을 크게 한 천조가 큰 덩치에 어울리지 않는 속도로 두 사람에게서 빠르게 멀어져 갔다.

그 뒷모습을 보던 정범은 감탄을 감추지 않았다.

"놀랍군요. 전서구 따위랑은 비교가 되지 않는 것 같습니다."

"그렇겠죠. 천조는 영물(靈物)이니까요."

영물이란 것을 처음 보았지만, 확실히 진짜 존재한다면 천조와 같은 모습일 것이라 생각한 정범이 고개를 주억였다.

"어쨌든, 전 이만 먼저 떠나야 할 것 같네요."

"지금 바로 말입니까?"

"예."

애초에 보내야만 했기에 당황은 없었다.

단지 그녀의 음성에 느껴지는 아쉬움에 안쓰러움을 감출 수 없을 따름이다.

"어쩔 수 없겠군요. 저도 어차피 이곳에서 기다릴 생각이었지만…… 혹시 어디로 가시는지 여쭈어 봐도 될까요?"

"숭산이요."

정범의 말에, 혹시라도 그가 자신을 찾아오지 않을까 저도 모르게 기대를 품은 북궁소가 빠르게 답했다.

"숭산?"

"예. 정확한 목적지는 숭산의, 소림이지만요."

그녀의 침착한 말은, 확실히 생각 외의 결과를 불러왔다.

"소림!"

정범이 큰 목소리로 외쳤다.

왜 그 생각을 못 했을까.

천하에는 영 노야 말고도 그에게 도움을 줄 수 있는 인물이 분명히 존재했다.

소림의 굉언 대사 역시 바로 그러한 인물이다.

'대사께서 날 도와주실까?'

정범은 의문을 접었다.

다른 누구도 아닌 마노에 관한 일이다. 굉언 대사라면 분명 작은 도움이라도 줄 확률이 높았다.

'어차피 여기서 언제까지 기다려야 할지 모르는 판 아닌가?'

정범은 내심 결정을 내렸다.

무연 진인에게 도움을 요청하러 가도 되겠지만 종남까지는 가는 길이 멀다. 하지만 숭산까지는 빨리 움직이기만 한다면 한 달 정도의 시간 내에 도착할 수 있었다.

'급하게 움직인다면 자연스레 무공 수련에도 도움이 될 테지.'

조건은 나쁘지 않다.

'노야는 다음에 찾아와서 봬야겠어.'

마지막으로 영 노야가 머물던 거처를 바라본 정범의 시선이 북궁소를 향했다.

"저도 숭산으로 가야겠습니다."

"숭산으로요?"

어쩌면 그가 숭산으로 찾아올지도 모른다고 기대는 했다. 하지만 이렇게 곧바로 숭산으로 가자는 말이 나올지는 정말 짐작도 못 했다.

"예. 그곳에도 뵐 분이 있습니다."

정확하게 말하자면, 봐야만 되는 사람이다.

"이번에도 급하시겠죠?"

북궁소의 물음에, 정범이 고개를 주억였다.

"힘드시면 먼저 출발하도록 하겠습니다. 북궁 소저는 도착한 후에 뵙는 걸로 하죠."

"아니요. 함께 가요."

정범의 말에, 북궁소는 단호하게 고개를 내저었다.

'다시 함께 갈 수 있는 기회야.'

조금 힘든 여정쯤은 문제가 안 된다.

게다가 북궁소에게는 나름 비책(祕策)도 있었다.

"제가 지름길을 알고 있어요. 강을 좀 지나야 하지만, 배는 준비되어 있을 거예요."

"강이라……."

정범은 고개를 주억였다.

어찌 됐든 빠를수록 좋은 일인 것만은 분명하다.

결정을 내린 두 사람은 순식간에 해왕도를 벗어났다.

목적지는 명확했다.

숭산!

第十章
무림대회

정범은 착실했다.

걷는 와중에도, 뛸 때에도, 경신술을 펼칠 때에도 무공을 쉬지 않고 수련했다. 잠은 하루 두 시진조차 많다 할 정도였다. 이쯤 되니 말이 착실하다 정도로 끝나는 거지, 사실상 인간으로서 한계를 넘어선 수련을 하고 있는 셈이다.

심지어 북궁소가 준비한 쾌속선을 타고 강을 내려갈 때에도 정범의 수련은 끝나지 않았다.

새삼스레 정범이 어찌 단시간 만에 그토록 강해질 수 있었는지 이해가 되는 북궁소였다.

'늘 준비가 되어 있는 사람이야.'

정범은 언제든 벽을 넘어설 수 있도록 스스로를 가다듬는 것이 습관처럼 몸에 배어 있다. 무한회귀의 시간 동안 몇 번이고 무공을 되찾기 위해 수련하다 보니 절로 몸에 배인 관성과 같은 것. 하니 작은 깨달음이 찾아와도 단숨에 비약적으로 성장한다. 심지어 늘 그런 깨달음을 향해 고민까지 하니 더할 나위 없는 완벽한 조건을 갖추었다고 할 수 있을 터였다.

'단지 너무 무리하는 게 아닐까 걱정이 되긴 하네……'

대룡문 내에서도 최고의 수련광이라 불리는 북궁소마저도 질리는 게 정범의 수련이다. 그런 만큼 혹여 그의 몸에 탈이 날까 걱정이 되는 것도 사실이었다. 게다가 이전 여정보다, 작금의 여정에서 정범은 더욱더 수련에 몰두하고 있었으니 말이다.

물론 목적이 다르니 어쩔 수 없는 일이긴 했다.

'말릴 수는 없겠지.'

사실 말리고도 싶다.

하지만 아직 자신에게는 그러한 자격이 없다 생각한 북궁소가 애써 정범을 외면했다. 일단 쓰러지지만 않는다면 굳이 방해를 하기보다는 어떻게 해서든 돕고 싶은 마음이 더 큰 탓이었다.

게다가 그녀의 머릿속에는 그 외의 큰 걱정거리가 하나

더 있었다.

'무림대회……..'

대룡문으로부터 전해진 그녀의 임무.

그건 다름 아닌 숭산 무림대회의 우승이었다.

언젠가 찾아올 것이라고는 생각했었다.

수 제국에 세워지고, 황제로부터 자치령을 인정받은 천하오패가 천하 곳곳에 뿌리를 내렸다. 그 이후로도 수많은 무인이 우후죽순처럼 나타났지만, 감히 천하의 이름을 논하지는 못했다.

태동(胎動)한 이후 단 하루도 논란과 사건이 끊이지 않던 무림에 긴 평화가 찾아왔다. 강력한 황권과, 정립된 무림 체계가 이룩한 일이었다. 하지만 언제까지고 그 평화가 유지되리라 생각하는 이는 누구도 없었다. 강호 혹은 무림이라 불리는 곳은 살아 있는 야생동물과 같다. 길들여진 듯 보여도 언제나 자신의 본능을 찾아 규칙이라는 우리를 뛰쳐나갈 준비가 되어 있는 것이다.

그런 야생동물들에게, 균열이라는 기회가 얼마 전 찾아왔다.

초대 황제의 병환과 황권의 약화.

게다가 겉으로 보이지는 않지만 급속도로 진행되고 있는 황궁 내부의 내분은 우리를 뛰쳐나갈 준비만 하고 있던 야생동물들에게 있어 절호의 기회라 할 수 있었다.

그때부터 작은 균열이 일었다.

평화롭게 유지되던 무림 곳곳에 사건이 발발했으며, 암중에서 때를 기다리던 수많은 조직이 고개를 들어 올렸다. 북궁소가 맡은 대다수의 임무가 그러한 조직의 싹을 잘라 내는 것이었다. 다행히, 처음 고개를 들어 올린 조직의 대부분은 그저 욕심만 많은 하찮은 이들이었다. 덕분에 북궁소는 그간 훌륭하게 자신의 임무를 소화할 수 있었다.

문제는 아직까지도 기회만 엿보며 그늘 속에서 숨죽이고 있는 진짜들이다.

북궁소로서도 감당하기 힘든 진짜배기들.

그들 중에는 현재 천하오패에 못지않은 힘을 비축한 세력도 다수 존재했다. 안 그래도 폭풍전야와 같은 현재의 무림에 그들은 말로 다 할 수 없는 부담스러운 존재였다.

이번, 숭산에서 열린 무림대회는 바로 그런 숨은 적들을 이끌어내기 위한 미끼다.

현재의 무림에 위협이 될 이들의 존재를 사전에 파헤치기 위한 함정!

물론 여태껏 몸을 숨기고 있던 이들이 알면서도 걸려들 수밖에 없을 만큼 우승자에게 걸린 상품은 대단했다.

우선 첫째는 소림의 보물이라는 대환단과 소환단 묶음에

더해 무림칠대귀보(武林七大貴寶)라 불리는 용비검.

이를 택할 경우 두 번째 상품을 택하지 못하지만, 무림인이라면 누구나 눈이 돌아갈 수밖에 없는 구성이다.

대환단과 소환단은 강력한 내상약이자, 내력 증진에 큰 도움을 주는 보물이다. 특히 그중 대환단은 이제 소림에조차 채 열 알도 남지 않은 물건인 만큼, 소림사가 큰 각오를 하고 상품을 걸었다고 할 수 있는 것이다.

거기에 더해 함께 걸린 상품인 용비검은 어떤 의미에 있어서는 대환단에 못지않은 엄청난 보물이었다. 패력산장의 장주 패력도왕이 중년 시절에 얻은 이 보물은, 그가 자신의 무공이 검공이 아니고 도공임을 탄식하게 했을 정도의 명검으로서, 달리 무림삼대명검(武林三大名劍)에 꼽히기도 하는 굉장한 귀보였다.

이러한 보물들은 소림사와 함께 천하오패 중 양주(凉州)의 귀살주(鬼殺州)와 익주의 패력산장이 준비했다.

남은 하나의 상품은 남은 천하오패의 셋과, 황궁이 함께 준비한 것으로서 이를 택할 경우 첫 번째 상품은 포기해야만 한다.

황궁이 끼어 있는 만큼, 걸려 있는 상품은 그야말로 어마어마한 것이었다.

자그마치 서주와 양주(揚州) 지역 일부분의 자치권(自治權)!

작금의 천하는 중앙의 황궁을 대신하여 천하오패라는 무림오대세력이 영역을 나누어 자치 활동을 하고 있었다. 때문에 천하오패다. 그렇기에 누구도 그들의 벽을 넘을 수 없었다. 애초부터 황궁의 정식 인가를 받아 치안력을 휘두르는 천하오패인 만큼, 그들과 싸워서 이길 수 있는 신생 문파는 어디에도 없는 것이다. 물론, 그 외에도 자잘한 지역 일부에 자치권을 행사하는 문파도 있기는 했다. 하나 그들의 세력은 작거나, 폐쇄적이었으며, 영향력 또한 그리 크다고 볼 수 있었다.

예외의 경우로 보자면 천하오패 중 하나인 귀살주인데, 그들은 가장 적은 인원으로 천하오패를 자처하고 있었다.

어찌 됐든, 그러한 천하오패와 인정받은 일부 문파를 제외하고는 공식적인 인정을 받은 활동이 어렵던 무림이라는 강물에 돌이 던져졌다. 그저 그런 중소문파가 아닌, 한 지역을 담당하는 관리와 같은 힘을 가진 거대문파가 되는 것! 그 차이는 어마어마한 것이었다.

준비만 확실하다면 천하오패의 일축을 꺾고 새로운 천하오패로 솟아오를 수도 있다.

주인이 없던 양주와 서주의 자치권이라는 어마어마한 큰 돌이 미치는 파급력은 위의 두 보물과는 비교가 되지 않는다 할 수 있었다.

당연히, 몸을 굽힌 채 기회만 엿보고 있던 암중 세력도 이번만큼은 움직일 수밖에 없었다.

무림대회라는 허울 좋은 경기장 내에서 우승만 한다면 당당한 명분을 가진 채 무림 역사 한 폭에 이름을 올릴 수 있다.

함정인 것을 알면서도 탐낼 수밖에 없는 먹잇감이다.

그들뿐만이 아니다.

개인으로 활동하며 스스로의 무공을 수련하는 데 중점을 둔 소수의 무인들을 제외하고는 모두가 자치권이라는 세 글자에 눈이 멀었다.

천하오패라 하여도 다를 것은 없었다.

그들 역시 새로운 땅에 대한 탐욕(貪慾)을 숨기지 않았다. 같은 천하오패 사이에서도 힘의 차이는 엄연히 존재한다.

새로운 땅의 자치권은, 그러한 힘의 차이를 뒤집거나, 더욱 공고히 굳힐 수 있는 힘이었다.

어쩌면 천하오패라 불리던 세상의 판도 자체가 뒤집힐지도 모른다.

북궁소의 아버지, 용호제 북궁단청이 바라는 것도 바로 이쪽이었다.

'천하오패가 아닌 천하일존(天下一尊).'

북궁단청은 욕심이 많은 사람이다.

그런 그가 천하제일문이라지만, 같은 천하오패라는 집단에 속해 있는 것에 만족할 수 있을 리가 없었다.

결국 이번 무림대회는 암중의 세력을 이끌어 내기 위한 이들과, 개인의 욕심이 맞물려 만들어 낸 결과라 할 수 있었다.

'그래서 참가자들의 제한 자격이 나이가 불혹 미만……'

아무리 상품이 크다지만, 현 무림의 최강자들이라 볼 수 있는 천하오패의 수장들이라거나, 각 문파의 원로들이 나설 수는 없다. 여러 가지 이유를 만들었겠지만, 본론만 따지자면 체면치레 탓이다.

이미 무림에서 자신의 입지를 굳힐 대로 굳힌 양반들이, 무림대회라는 놀이터에 나와서 자신을 다시금 평가받을 이유가 없다. 이겨도 본전, 지면 손해. 그런 싸움을 하고 싶은 이는 현 무림의 지배자들 중 누구도 없었다.

결국 말만 무림대회지, 실상은 전혀 다른 대회가 된 셈이었다.

물론 걸린 상품은 무림대회라는 이름의 품격에 맞을 정도로 어마어마한 것이었지만 말이다.

'우승할 수 있을까?'

북궁소는 강하다.

정범을 만나기 이전에도 그랬지만, 이후로는 더욱 강해

졌다.

아마 어지간한 후기지수들 셋, 넷이 함께 덤벼도 아무런 문제가 없으리라.

하지만 무림대회는 그러한 후기지수만 참가하는 놀이터가 아니었다.

비록 반쪽짜리라지만 무림대회.

보상도 큰 만큼 참가자들의 수준도 어마어마하게 높을 것이다.

강호라는 물과 수풀 속에 모습을 감추고 있던 초고수들이 어마어마한 숫자로 등장할 것이다.

'본래 대회를 연 취지가 그럴 테니까.'

그런 적들을 상대로 싸워서 이기려면 더욱 강해져야만 한다. 북궁소는 자신이 최강(最强)이라고 생각하지 않았다. 이미 눈앞에만 해도 불혹 미만에 자신보다 강한 무인이 더욱더 성장하기 위해 훈련하고 있지 않은가?

'나도…… 더 노력해야겠어.'

새삼스레, 정범에게 자극받아 더욱더 훈련에 몰두하는 북궁소였다.

*　　　*　　　*

강길을 타고 이동한 덕에 생각보다 더 빨리 예주에 도착한 정범과 북궁소는 곧바로 말을 달려 숭산을 향했다.

정범은 정범 나름의 입장에서 급했으며, 북궁소 역시 무림대회의 참가신청 기간이 칠주야밖에 남지 않았으니 자연스레 두 사람의 움직임은 더욱 빨라졌다.

"저곳이 숭산이로군요."

지친 표정으로, 말에 박차를 가하고 있던 정범이 거대한 숭산을 바라보며 말했다. 한눈에 담기지 않을 정도로 거대한 산맥의 위용에 새삼스레 가슴이 설레었다.

"예. 무림대회 탓인지 사람이 정말 많네요."

북궁소는 그러한 숭산보다, 그 아래에 몰린 사람들에 더 주목했다.

검을 찬 무인뿐만이 아니라, 구경꾼에 호사가, 상인들 까지 몰린 탓에 숭산 아래는 그야말로 난리도 아니었다. 산의 거대함보다 사람의 수에 더 기겁하고 싶은 심정이었다.

"무림대회요?"

"아, 제가 말을 안 했었죠."

북궁소가 어색하게 웃으며, 정범에게 간단히 무림대회에 대해 설명했다.

"그런 일이 있었군요."

"정 공자의 수련을 방해하고 싶지 않은 탓에 말하는 걸

잊었었네요. 배에서 내린 이후로는 워낙 다급히 이동하느라…… 죄송해요."

"괜찮습니다. 어차피 참가할 생각도 없고 하니……."

정범이 살짝 웃으며 말했다.

무림대회라는 이름에 한 명의 사내이자, 무사로서 가슴이 안 떨린다면 거짓이다. 그 역시 자신의 무공을 뽐내고 인정받고 싶어 하는 마음이 드는 사실만은 어쩔 수 없는 노릇이었다.

하지만 지금은 그보다 더 급한 일이 있었다.

'꿩언 대사를 만나, 내 자신을 가다듬는 게 우선이다.'

지금은 고개를 들어 올릴 때가 아닌, 숙일 때다.

군자라면 올바른 때를 알고 행동해야 한다는 공자의 말을 떠올린 정범은 무림대회에 대한 감상을 빠르게 접었다.

"다행이네요."

"무엇이 말입니까?"

"솔직히 정 공자가 상대였다면, 이길 자신이 없었거든요."

진심으로 안도의 눈빛을 비친 북궁소가 말했다.

적어도 그녀가 아는 한도 내에 있어서는, 정범이야말로 불혹 미만의 나이를 가진 무인들 중 최고였던 탓이었다.

"북궁 소저는 대회에 참가하시려나 보군요."

"네."

북궁소는 문파에서 내려온 명령이라는 말은 삼갔다.

쓸데없는 감상을 더하고 싶지 않은 탓이었다.

"부디 좋은 결과가 있기를 바라겠습니다."

"저도 그러길 바라요."

굳이 정범이 참가하지 않아도 힘든 대회다.

물밑 속 모습을 감추고 있던 실력자들이 대거 등장할 테니 말이다. 그런 만큼 북궁소도 방심하지 않기 위해 바람을 담은 말로 스스로를 가다듬었다.

그렇게 대화를 나누던 두 사람이, 드디어 숭산에 도착했다.

*   *   *

숭산의 바로 아래.

모든 무림 무공의 근원지라는 소림사의 비호(庇護)를 받는 마을이 하나 있다.

소룡촌(小龍村)이라 불리는 마을은 그 이름처럼 작은 마을은 아니었다. 매해 숭산을 보기 위한 관광객도 끊이지 않는 데다, 소림의 불제자가 되기를 원하는 이들도 많기에 자연스레 큰 규모의 마을이 형성된 것이다. 주 수입은 당연히 관광객을 상대로 한 상품 혹은 식품 판매와 숙박료다.

그리고 지금 그 소룡촌은 많다 못해 넘치는 외부인의 물결에 행복한 비명을 내지르고 있었다.

"여기도 방이 없다고요?"

"예. 죄송합니다, 손님. 우리도 갑자기 손님이 몰리는 바람에……."

"어쩔 수가 없네요. 알겠습니다."

차가운 북궁소의 얼굴에 지친 표정이 얼핏 스쳐 지나갔다. 벌써 다섯이 넘는 객잔에서 방이 없다는 이유로 등을 돌려야만 했다.

차라리 값이 비쌌다면 어떻게든 해결했을 텐데, 남은 방이 없다 하니 답이 어디에도 없었다. 심지어 그 연유도 무림대회의 소식을 듣고 엄청나게 몰린 외부인들 탓이라니 그 대회 때문에 찾아온 북궁소로서도 할 말이 없었다.

"난감하네요. 이 상태면 오늘 내로 방을 잡는 게 힘들 것도 같아요."

바깥으로 나와, 주변의 엄청난 인파를 구경하고 있는 정범을 향해 북궁소가 말했다.

"그렇군요. 어쩔 수가 없다면 노숙이라도 해야죠."

반면 정범은 대수롭지 않게 말했다.

방이 없으면 하늘을 지붕 삼아 잠을 청하면 된다.

여행자로서 노숙은 기본 덕목이니 딱히 새삼스러운 일도

아니었다.

문제는 북궁소의 입장이었다.

'이제는 좀 씻고 싶은데…….'

본래 어떠한 여정 중에도 미모와 자신의 몸을 가꾸는 데 신경을 쓰지 않았던 그녀다. 한데 정범과 함께 있다 보니 신경 쓰이는 것이 한두 가지가 아니었다. 특히 수련 이후나, 급하게 달린 뒤에 몸에서 나는 땀 냄새는 유독 더 신경 쓰였다.

아무래도 그녀도 여인일 수밖에 없는 탓이었다.

'그냥 숭산으로 들어갈 수도 없고…….'

본래 소림 측에서는 무림대회 개최 측에 대한 예우로 천하오패의 귀빈들에 한해서 문파 내부의 방을 조금 나누어 주고 있었다. 문제는 그 방을 나누어 주기까지는 아직 시간이 조금 남았다는 사실이었다. 한동안 대회 준비로 산문을 걸어 잠근 소림이었으니, 북궁소의 입장에서는 너무 빨리 도착하게 된 셈이었다.

"일단 두 군데만 더 둘러보고 없으면 마음을 편히 먹도록 하지요. 어떻게든 되지 않겠습니까."

웅대한 숭산의 위용만큼이나, 많은 사람들이 모인 소룡촌의 풍경이 여간 재밌는 게 아닌지 이곳저곳을 향해 눈을 떼지 못하는 정범이 가볍게 말했다.

어차피 그는 소룡촌에 오래 머무를 생각이 없었다.

애초부터 숭산 입구에 도착하자마자 숭산에 오르려 했으나, 무림대회 준비로 인해 출입구가 막혀 있어 아쉽게 발걸음을 돌린 차였으니 말이다.

'문이 열리면 바로 굉언 대사를 찾아뵈러 가야지.'

마음에는 여전히 조급한 감정이 가득했지만, 해왕문의 담장을 넘었듯 소림사로도 뛰쳐 들어갈 수는 없는 노릇이었다. 그때와는 엄연히 명분이 달랐으니 말이다.

"그래요, 그럼 딱 두 군데만 더 찾아봐요."

그때도 안 되면 소림 측에 부탁해 방을 하나 더 빌려보는 수밖에 없다.

그리 생각한 북궁소와 정범은 다음 객점을 향했고, 아주 운이 좋게 하나의 방을 구할 수 있었다.

문제는 바로 그 점이었다.

"방이 하나뿐이라고요?"

긴장된 표정의 북궁소가, 방금 전 객점 주인에게 들은 말을 다시 한 번 되물었다.

"예. 지금 딱 하나 남은 거라. 아마 다른 곳에 가셔도 마찬가지일 겁니다."

"방이 하나……."

"어찌하실는지요. 두 분이 부부시라면 전혀 상관없는 일이겠지만………."

"지금, 부부라고 하셨나요?"

"아, 아니. 부부라는 게 아니고 그냥 혹시 해서 물은 겁니다. 혹시 해서. 정말 혹시나 해서 한 말입니다."

북궁소의 싸늘한 물음에, 놀란 객점 주인이 재빠르게 손사래를 치며 말했다.

"부부는 아니에요."

얼굴을 사과보다도 더 빨갛게 붉히고 있었기에 오해할 수도 있지만, 다행히 북궁소는 크게 화난 것 같은 모습을 보이지는 않았다. 아니, 애초에 정범의 앞이 아니라면 격한 감정 표현은 극도로 절제되는 편인 그녀였다.

"하면 연인 사이신가요?"

"연인(戀人)……."

빨갛게 달아오른 얼굴이 너무나 뜨거워, 저도 모르게 양 볼을 손으로 감싼 북궁소가 객점 주인의 시선을 천천히 피했다.

"마, 맞을지도……."

"아이고, 그러면 그냥 한방 쓰셔도 되겠네. 부부 사이가 아니시면 조금 그럴 수도 있지만 어쩔 수 없는 때도 있는 것 아니겠습니까? 이 방도 언제 나갈지 모르는데 그냥 들어가시지요."

객점 주인이 양손을 마주치며 말했다.

결국 북궁소는 어쩔 수 없는 선택을 해야만 했다.

"알겠어요. 그 방, 주세요."

"탁월하신 선택입니다."

그래, 정말 어쩔 수 없는 일이었다.

*   *   *

"이것 참 죄송하군요. 저는 노숙을 해도 되는데……."

하나 남은 곳치고는, 제법 깔끔한 방 내부로 북궁소와 함께 들어온 정범이 난색을 표하며 말했다. 북궁소가 괜찮다고 하며 반 강제로 이끈 덕에 얼떨결에 따라 들어왔지만, 여인과 단둘이 한방을 쓴다 생각하니 그 역시 크게 긴장이 된 탓이었다.

"괜찮아요. 저는 아무렇지 않으니 너무 신경 쓰지 마세요."

어딘지 모르게 딱딱한 음색 덕에, 그녀의 말은 더욱 완강하게 느껴졌다.

"음……."

"정말 괜찮아요. 정 공자가, 뭐 이상한 사람도 아니고……."

정범은 바라보지도 않은 채 여전히 딱딱한 음색으로 읊

조리던 북궁소는 다시금 얼굴이 뜨거워지는 것을 느꼈다.

'이상한 사람도 아니라니?'

말을 그렇게 하고 보니 마치 머릿속으로 '이상한 짓'을 생각한 것만 같지 않은가? 그런 생각이 들자 혹시 하는 마음에 정범을 곁눈질로라도 바라볼 용기조차 없어졌다.

'도대체 왜 그러니, 북궁소!'

자기 자신을 야단치는 북궁소의 가슴이 마치 누군가 두들기는 듯 크게 박동한다.

"북궁 소저?"

그런 북궁소의 뒷모습을 보다, 의아함을 느낀 정범이 가까이 다가오며 물었다.

휙—!

그 기척에 놀라, 순식간에 거리를 벌린 북궁소가 재빨리 왼쪽 가슴을 움켜잡았다.

'조금, 조금만 천천히.'

적어도 남의 귀에는 들리지 않게, 알았지?

자신을 향해 야단을 치던 북궁소가, 이제는 설득을 하기 시작한다.

"역시 불편하시면 제가 나가는 게………."

그 모습에 어색한 웃음을 지은 정범이 다시 입을 연다.

물론 그건 안 된다.

둘은 어쩔 수 없이라도 한방에서 자야만 하는 운명이 되었으니 말이다.

"괘, 괜찮대도요! 기다리고 있어요! 먼저 씻고 올게요. 어, 어쩔 수 없는 일이니까!"

그 말을 끝으로, 북궁소는 도망치듯 방 바깥으로 나갔다.

"오늘따라 북궁 소저가 이상한 것도 같군. 그나저나……."

그리 넓어 보이지 않는 방 안.

단 하나밖에 없는 목조 침대를 바라보는 정범의 얼굴도 살짝 붉게 달아올랐다.

"잠은…… 어쩔 수 없는 건가."

정말, 어쩔 수 없는 인연이었다.

*　　*　　*

[소공녀.]

도망치듯 방을 빠져나온 북궁소의 뒤로, 평오의 목소리가 들려왔다. 그 평소와 다름없는 차분한 목소리에 가쁘게 뛰던 심장을 애써 가라앉힌 북궁소가 답했다.

"무슨 일이야?"

[그…….]

평소와 같은 어투였지만, 평소와는 다르게 조심스럽게

운을 뗀 평오가 모습을 드러냈다.

'아무래도 이런 이야기는 얼굴을 마주한 채로 하는 게 맞겠지.'

평오의 진중한 눈이, 북궁소를 향했다.

"왜, 왜?"

생각지도 못한 그 눈빛에, 북궁소의 시선이 살짝 떨렸다. 너무 익숙한 일인지라 신경조차 잘 안 쓰고 있었지만 평오는 언제나 그녀의 뒤에 있다. 좋게 보자면 지원을 위해서이지만, 나쁘게 말하자면 감시다. 그녀의 일거수일투족을 모두 지켜보고 있으며, 특이사항이 보일 경우 북궁단청에게 직접 보고할 수 있는 권한도 있다. 물론 여태껏 평오가 그 권한을 사용한 적은 단 한 번도 없었다. 덕분에 북궁소 역시 마음 놓고 그에게 등 뒤를 맡기는 것이다.

그런 그가 조심스러운 음색으로 입을 열었다.

눈빛에는 여태껏 몇 번 보지 못한 진중함이 가득했다.

"우선 본래 저는 두 분의 관계를 지켜보려고만 했었다는 걸 알려드립니다."

"그런데?"

북궁소가 평오를 편안하게 생각하는 점은 이런 부분에서도 기인했다.

그는 절대 북궁소의 개인적인 일에 간섭하지 않는다.

참견을 늘어놓고, 잔소리를 할 때도 있지만 결국 그녀의 결정을 돌린 적은 한 번도 없었다.

"한데 더 이상은 참고 지켜만 볼 상황이 아닌 것 같습니다."

"무슨 말이지?"

"소공녀, 정 공자를 좋아하시지요?"

아무런 답을 하지 않은 북궁소의 눈빛에 긴장이 떠올랐다. 설마 북궁단청으로부터 따로 들어온 명령이라도 있단 말인가?

자연스레 걱정이 들었다.

하지만 뒤를 이어 나온 평오의 말은 그녀의 예상을 완전히 상회하는 것이었다.

"일단 그게 문제입니다. 소공녀는 티가 너무 많이 나요. 연애란 걸 해 본 적이 없는 게 눈에 뻔히 보인다는 말입니다!"

"……평오?"

"문주님의 명에도 소공녀의 임무수행을 거들지 말라고 하였지, 연애를 돕지 말라는 말은 없었지요. 이 평오, 평생 뒤에서 지켜만 봐야 하는 게 유일한 한이었습니다. 하지만 이번만큼은 다르겠지요. 후후. 지금부터는 제가 나서 온 힘을 다해 소공녀의 연애를 보필하겠습니다!"

"펴, 평오?"

"자자, 당황하지 마시고 이제부터 제가 시키는 대로 하는 겁니다. 아시겠지요? 이 평오는 두 분의 편입니다. 하하하!"

평오가 웃는다.

북궁소도 당황한 표정으로 웃는다.

어째서인지 열의에 불타는 평오 덕에 오히려 침착함을 찾게 된 북궁소였다.

*   *   *

평오는 응원하는 마음을 전달한 후, 말뿐이 아니라는 것을 보여주기라도 하려는 듯 북궁소의 행동에 일일이 간섭을 시작했다.

시작은 그녀가 목욕을 하고 나온 이후부터였다.

[소공녀! 무슨 머리를 그렇게 바짝 말리십니까! 적당한 물기가 묻은 머리카락은 남자의 마음을 뒤흔드는 법이라고요!]

[걸음이 빠릅니다! 침착하게, 잘 안 웃으시는 건 알지만 소공녀께서는 웃으실 때 가장 예쁘십니다. 게다가 정 공자 앞에서는 잘 웃지 않습니까? 그렇게 어색하게 말고!]

그야말로 연애 교관이 따로 없었다.

더 황당한 건 북궁소 본인이 그 말에 따라 행동하고 있다는 사실일 테지만 말이다.

어쨌든 덕분에, 좋은 일은 하나 있었다.

'평오가 영 쓸데없는 말을 하는 것도 아닌가 본데?'

살짝 물기가 젖은 모습으로 방 안에 들어선 그녀를 본 정범의 얼굴이 살짝 붉어지는 것을 목격했다.

그뿐이 아니었다.

다음으로 씻고 온다고 일어선 정범이 나가기 전, 조심스러운 눈빛으로 그녀를 향해 말을 건네주기도 했다.

"알고 있었지만…… 역시 아름다우시군요."

그 말을 끝으로 도망치듯 정범이 방 바깥을 빠져나갔다.

홀로 남은 북궁소는 저도 모르게 양다리에 힘이 풀려 그 자리에 주저앉아 버렸다. 입가로는 감출 수 없는 웃음이 흘러나왔다.

'많이도 들었던 말인데.'

아름답다, 예쁘다.

굳이 꾸미지 않아도 그녀에게 늘 달라붙던 미사여구였다. 수많은 남자들이 그녀라는 꽃에게 안기기 위해 혀 끝에 꿀을 발랐었으니 말이다. 하지만 북궁소는 대부분 그 목소리가 역겹다고만 느꼈었다.

때로는 온몸에 소름이 돋을 정도로 징그럽다고도 생각했다.

한데 같은 말이어도, 정범에게 들으니 완전히 달랐다.

가슴이 뛴다.

어쩐지 행복하다는 생각이 먼저 떠오른다.

다시 한 번 그 말을 듣고 싶기도 했다.

'내가 진짜⋯⋯.'

이제 와서는 부정하기도 힘든 감정을, 가슴 깊숙이 품은 북궁소의 붉어진 얼굴이 살짝 숙여진다. 동시에 두 눈에는 걱정이 깃들었다.

'정말⋯⋯ 이래도 되는 걸까?'

정범이 좋다. 부정할 수가 없을 정도로 미칠 듯이 좋았다. 늘 그가 생각났다. 하지만 감히 마음을 표현할 엄두가 나지 않았다. 더 좋아하는 것조차 무서웠다.

'나는⋯⋯.'

누군가를 좋아하기에는 어깨에 얹어진 짐이 너무나 많다. 무겁기 그지없다. 홀로 감당하기에는 너무나 벅찬 짐. 고민이 깊어지는 북궁소의 등 뒤로, 아무것도 모르는 것만 같은 평오의 발랄한 음성이 이어졌다.

[성공적입니다, 소공녀!]

그 덕에, 조금쯤 우울해지려던 기분을 애써 다잡은 북궁소가 다시금 미소 지었다.

　어찌 됐든 당장으로서는 이 즐거움을 만끽하고 싶은 기분이다.

　비록 결국 손끝에조차 닿지 못할 허상과 같은 마음이라고 할지라도 말이다.

第十一章

세 가지 재회

　숭산 바로 아래까지 도착했지만 소림에는 들어가지 못했다. 덕분에 정범과 북궁소의 일상에는 큰 변화가 없었다.

　수련, 그리고 또 수련이다.

　달라진 점이 있다면 각자의 훈련에 몰입하기보다, 조금 더 실전적인 대련에 힘을 쓰기 시작했다는 사실이었다.

　두 사람은 서로 실력 차이가 있기에 정범에게는 큰 도움이 되지 않을 듯했지만, 실상은 많이 달랐다.

　전반적인 무공에 대한 이해도는 정범이 훨씬 높지만, 북궁소는 더 다양한 무공을 알고 있었다.

　실제로도 주로 검을 쓰지만, 다룰 수 있는 무기는 십팔

반병기 전부를 포함한 다수의 기병(奇兵)들이었다. 괜히 그녀가 대룡문의 금지옥엽이라는 말보다 철혈빙공으로 유명해진 것이 아니다. 어려서부터 미친 듯이 무의 단련에 빠져 있던 그녀는 그야말로 다양한 무기술을 알고 있었고, 그를 정범에게 경험하게 해 주었다.

덕분에 정범은 북궁소 한 사람을 통해 생각보다 많은 경험을 얻을 수 있었다.

거기에 더해 그녀가 알고 있는 전반적인 무공의 지식 또한 큰 도움이 되었다.

하지만 분명, 가장 큰 이득을 본 이는 북궁소 본인이었다. 그녀는 대련이 끝날 때마다 그야말로 무시무시한 속도로 성장했다.

첫날에 그녀와의 대련에 한 번의 섬뜩함을 느꼈다면, 이튿날에는 세 번을 경험했다. 점점 익숙하지 않은 병기를 상대로 싸운 덕이라고 보기에는 북궁소의 무공이 날이 갈수록 예리해져 가고 있음을 감추기가 어려웠다.

후웅-! 캉-!

북궁소가 거칠게 휘두른 다절곤(多節棍)에 큰 부상을 당할 뻔한 위기를 아슬아슬하게 방어해 낸 정범이 살짝 비틀린 자세로 입을 열었다.

"후우…… 오늘은 이만하죠."

"하아······, 하아······ 그래요."

"수고하셨습니다."

"정 공자도······ 수고했어요."

두 사람 모두 최대한 내력을 절제하고 싸웠기에 온몸이 땀으로 흠뻑 젖어 있었다. 특히 북궁소의 경우는 그야말로 전력을 몇 번이나 쏟아낸 탓인지 당장에 쓰러져도 이상하지 않을 정도로 지쳐 있었다.

'저런 와중에도 내일만 되면 멀쩡한 모습으로 다시 나타나니······.'

북궁소가 정범에게 감탄했듯, 정범 역시 그녀를 보며 혀를 내둘렀다.

어지간한 사내는 상대도 안 되는 독종이라는 생각이 들어서였다.

"다절곤은······ 어땠어요?"

아직 채 숨을 다 고르지 못한 북궁소가 자신의 오른손에 든 다절곤을 지면에 꽂은 채 물었다. 정확하게 말하자면, 다절곤을 지팡이 삼아 간신히 서 있는 상태라고 해야 할 터였다.

"굉장히 변칙적이더군요. 한 번의 공격이 끝이 아닌 데다 끊어진 마디가 어디로 향할지 모르니 예측조차 쉽지 않았습니다. 솔직히 말해······ 제공이 없는 상태였다면 몇 번이고 맞아서 바닥에 쓰러졌을 겁니다."

"후후…… 그렇죠? 제 생각일 뿐이지만 일반적인 이류 수준의 무인들 사이에서라면, 검을 쓰는 무인보다 다절곤을 쓰는 무인이 유리할 거예요."

"저도 동의하는 편입니다."

다절곤은 상당히 변칙적이다.

아직 주변을 인지하고 싸우는 감각이 부족한 이류 무인이라면 긴장을 하고 있다 하더라도 불의의 습격에 당해 쓰러질 확률이 높았다.

"숙달된 일류 무인이라면 완전히 이야기가 다르겠죠?"

북궁소가 눈을 반짝이며 물었다.

"예. 북궁 소저 덕분에 여러 가지 무기를 경험했지만 역시 가장 위협적인 무기는 검(劍)이더군요."

이는 매번 대련이 끝날 때마다 북궁소와 몇 번이고 나눴던 대화였다.

다양한 기병이 있고, 무서운 무기도 많지만 그중 제일은 검이다.

이유는 쉽게 말해, 간단한 무기기 때문이다.

누구든 간단하게 쓸 수 있다. 그럼에도 불구하고 베고, 찌르고, 원한다면 때리는 것까지도 가능하다. 애초에 검은 인체에 가장 알맞게 만들어진 무기라 할 수 있는 것이다.

바로 이 점이 주요(主要)했다.

더욱더 고수가 될수록 자신의 몸과 무기를 하나로 여기는 것이 필요하다. 그래야지만 초식은 더욱 부드러워지고, 내력의 순환 역시 훨씬도 우월해진다.

이른바 신검합일이 바로 이 말이다.

그런 점에서 볼 때 팔의 연장선이라 볼 수 있는 검이 가장 그를 깨닫기 쉽게 이루어져 있었다.

사용하기 간단하면서도, 효율도 좋다.

거기에 더해 더 깊은 상승의 깨달음으로 향하기 위한 길 역시 가장 넓게 열려 있다.

물론, 그러한 깨달음에 관해서만이라면 검보다도 더 유리한 위치를 점한 무기가 단 하나 존재하기는 했다.

수족(手足)이른 바, 무투(無鬪)다.

하나 아무래도 무투는 거리가 짧다든지, 일정 이상의 깨달음이 있기 전까지는 가장 약하다든지 등의 단점이 너무나 많았다. 실상 강기를 부리지 못하는 권법가들은 검사의 상대가 될 수 없는 게 당연한 원리고 말이다.

때문에 무인들은 수많은 병기들 중에서도 검을 만병지왕(萬病之王)으로 뽑는 것이었다.

정범 역시 최근 들어 이 생각에 많은 동의를 하고 있었다.

"그나저나 북궁 소저의 실력이 너무 빨리 늘고 있습니

다. 이러다가는 조만간 밑천을 다 드러내야 할 것 같아요. 하하!"

"그런가요?"

정범의 칭찬에 북궁소의 얼굴이 살짝 붉어졌다.

최선을 다했다.

그 이후 누군가에게 칭찬을 듣는다는 것은 여간 기분 좋은 일일 수밖에 없었다.

심지어 그 대상이 연정을 품고 있는 이라면 더 말할 것도 없다.

"문일지십(聞一知十)이 바로 이럴 때 쓰이라고 있는 말인가 싶더군요. 하하."

"과한 칭찬이에요."

"아닙니다. 아니에요. 잘은 모르겠지만, 북궁 소저라면 충분히 무림대회에서도 우승하실 수 있을 것이라 믿습니다."

"말씀만으로도 고마워요."

북궁소의 얼굴 위로 화사한 웃음이 피어올랐다.

*　　　*　　　*

두 사람이 대련을 마치고, 식사 준비를 위해 씻고 나왔을 때는 이미 유시(酉時)의 끝이 찾아오고 있었다. 식사를 주

문한 후 천천히 지는 저녁노을을 보며 창가에 앉아 경치를
감상하던 정범과 북궁소는, 천천히 그들에게 다가오는 기
척을 느끼고는 시선을 돌렸다.

"역시, 정 공자가 맞군요."

다가온 사람은 정범과 북궁소 모두 얼굴을 알고 있는 사
람이었다.

"해왕제일검?"

"예, 반갑습니다. 소용군입니다. 철혈빙공, 정 공자."

본래 해왕도에 있어야 할 소용군이 포권을 하며 정중히
말을 건넸다. 백청이 소협이라고까지 하는 이유까지는 모
르겠으나, 그 무공만큼은 분명히 인정하고 있었던 탓에 소
용군의 행동에는 거침이 없었다.

"일단 앉으시지요."

정범이 빈자리를 가리키며 말했다.

"아닙니다. 괜한 방해가 될 것 같으면 물러나야지요. 그
냥 이곳에서 보게 될 줄 몰라 반가운 마음에 말을 건넨 겁
니다."

"음……."

방해라는 말에, 혹시 하는 마음이 든 정범이 북궁소를 바
라보았다.

그 눈빛을 이해한 북궁소는 어렵지 않게 고개를 주억였다.

"전 괜찮아요."

"그러면 앉으시지요. 저도 딱히 소 소협이 불편한 건 아닙니다. 오히려 대화를 조금 나눠보고 싶었는데, 같이 식사나 하시는 건 어떻습니까?"

정범이 그리 말하자, 살짝 웃는 얼굴을 보인 소용군이 고개를 주억였다.

"그렇게까지 말씀해 주시니 염치 불구하고 자리 좀 차지하겠습니다."

소용군이 두 사람의 자리에 합류했다.

하나 갑작스럽게 자리가 시끌벅적해지지는 않았다.

북궁소 역시 그러했지만, 소용군 역시 말이 많은 편은 아니었다.

정범 역시 침묵을 즐기고 있었기에 굳이 대화를 꺼내려 하지 않았다.

"주문하신 동파육과 만두입니다."

그런 침묵을 깬 것은 점소이의 안내였다.

"아, 혹시 닭튀김 요리는 어떤 게 있죠?"

이후 다른 요리를 더 내오기 위해 떠나려는 점소이를 북궁소가 불러 세웠다.

사람이 추가되었으니 요리를 더 시키기 위해서다.

짧은 대화를 통해 요리를 추가하는 북궁소를 보며 소용

군의 표정이 더욱 머쓱해졌다.

"이것 괜히 저 때문에 불편만 드린 게 아닐까 싶습니다."

"아니에요."

솔직히 말해, 북궁소 입장에서 소용군의 합류는 기꺼운 편이었다. 애초부터 음식을 많이 먹기보다 다양하게 먹는 것을 즐기는 편인 그녀다.

때문에 사람이 늘어나면 더 많은 요리를 시키고 다양하게 접할 수 있으니 오히려 이득이다.

돈 문제라면 걱정이 없는 것도 한 몫 거들고 있는 것 역시 사실이었다.

물론 북궁소는 그러한 자신의 사정을 설명할 정도로 친절한 성격은 아니었다.

"일단 나온 것은 먹도록 하죠."

"맛있어 보이는군요."

음식이 나오자, 침묵만 감돌던 세 사람 사이에서 짧은 대화가 오갔다.

"한데 소 소협도 이번 무림대회에 참가하러 오신 건가요?"

"예. 마침 나이 제한도 딱 맞고, 실력도 시험해 볼 겸 하여 이곳에 왔습니다."

소용군의 나이는 정확하게 불혹이다.

내년에 무림대회가 열렸다면 참가조차 못 했겠지만, 지

금으로서는 기회다.

나름대로 무공에 대한 자신감이 많은 그는 이번 기회를 통해 해왕문의 이름을 널리 알릴 생각도 하고 있었다.

"그렇다면 경쟁자네요."

"철혈빙공께서도 대회에 참가하시는가 보군요."

"예."

"하면 정 공자도?"

"저는 참가하지 않습니다."

"아쉽군요."

소용군의 눈에 짧은 투쟁심이 스쳐 지나갔다.

정범과 검을 섞어 보고 싶다.

처음 그가 해왕도에 들어온 날부터 생각했던 바 아니던가?

그 무대가 무림대회라면 더할 나위 없이 좋았을 터였다.

"그래도 무림대회는 참 재밌을 것 같습니다."

"예?"

북궁소가 의아한 표정으로 물었다.

"북궁 소저와 소 소협, 두 분이나 응원할 사람이 생겼으니 보는 맛이 조금 더 나지 않겠습니까."

"아…… 그런 뜻으로."

북궁소가 미소를 보였다.

확실히, 그냥 즐기는 것보다는 응원하는 측이 있는 편이 훨씬 재밌을 터였다.

"그…… 한데 그 소협이라는 칭호 좀 어떻게 안 되겠습니까?"

"아, 혹시 듣기 불편하신가요? 이거 죄송합니다. 딱히 어찌 불러야 할지 몰라서……."

확실히 소협이라 불리기에는 많은 나이다.

기분이 불쾌할 수도 있다는 생각이 들었다.

"아니, 불쾌하거나 그런 건 아닙니다. 단지 부담돼서……."

소용군의 솔직한 심정을, 어느 정도 이해한 정범이 곧 고개를 끄덕였다.

"아……."

본인 역시, 누군가에게 소협이라 불리면 부담감부터 느끼는 편이 아니던가? 그 심정을 충분히 이해하고도 남음이었다.

"그렇다고 해왕제일검이라고 계속 부르기도 뭐하지 않나요?"

북궁소가 의문을 표했다.

확실히, 그 쪽도 문제였다.

"하면 공자는……."

"음……."

소용군이 쓴웃음을 보이며 신음을 흘렸다.

머리털 난 이후로 그와 비슷하게조차 불려 본 적이 없으니 그 역시 괜히 부담을 느낀 탓이었다. 그렇게 고민에 빠진 세 사람에게, 또 다른 기척이 다가왔다.

"호칭이 문제면 그냥 형(兄) 동생 하면 되는 것 아니겠습니까, 정 공자."

그 목소리에, 깜짝 놀란 정범이 몸을 벌떡 일으켜 목소리의 주인을 바라보았다.

"초 소협!"

"에헤이, 그리 부르지 말라니까."

"여기서 이렇게 뵙는군요."

정범은 반가움을 감추지 않고 초우를 향해 말을 건넸다.

대우촌에서 있었던 패력산장과의 인연은 정범에게 있어 여러 가지 가르침을 주었다. 힘든 사건 속에서 이루어진 사이기에 더욱 각별했을지도 모른다.

"소협이라 불리는 건 오히려 우리 정 공자가 더 어울리지."

"많이 부족합니다."

"생각해 보니 내 생명의 은인인데, 그 정도 표현쯤은 해도 되는 것 아닙니까? 정 소협. 그래 앞으로 정 소협이라 부릅시다."

"초 소협……."

정범이 난감한 듯 웃음을 짓는 사이, 남은 자리에 자연스럽게 엉덩이를 붙인 초우가 주변을 둘러보았다.

"듣자하니 이쪽 분은 위명이 자자한 해왕제일검이시고…… 이야…… 우리 막내가 고생 좀 하겠는데. 설마 소문의 철혈빙공?"

경박하게도 보일 수 있는 초우의 언사에, 살짝 눈살을 찌푸린 북궁소가 고개를 주억였다.

반면 해왕제일검은 조금은 어렵던 분위기를 가볍게 만들어 준 그에게 고마움을 느끼고 있었다.

"저는 패력산장의 초우라고 합니다. 어쭙잖은 실력임에도 강호의 동도들이 소패왕(小敗王)이라는 별호로 불러주고 있지요. 하하!"

"알고 있어요."

북궁소가 차갑게 답했다.

이번 무림대회에는 천하오패가 모두 참가한다.

그중 뭇 여인들을 울리는 미려한 외모의 사내에 대한 소문은 이미 일대에 자자하게 퍼져 있었다. 애초부터 북궁소가 초우에 대한 첫 인상이 안 좋은 것은 그러한 소문에 관한 것도 기인했다고 볼 수 있었다.

"알아주시니 그저 감사할 따름입니다. 그나저나…… 뒤늦은 질문이지만 합류해도 될까요?"

초우가 북궁소와 정범, 소용군을 번갈아보며 웃음 지은 후 물었다.

"저야 좋습니다만……."

우선 정범이 입을 열었다.

아무래도 갑작스럽게 불편해진 북궁소의 기분도 신경이 쓰인 탓이었다.

"정 공자만 좋다면, 저도 괜찮아요."

그런 정범의 기색에, 북궁소가 안색을 바꾸며 빠르게 말했다. 초우는 그 모습을 놓치지 않고 지켜본 후, 얕은 감탄을 토했다.

"진짜 힘들겠는데……."

알 수 없는 말을 흘린 초우의 시선이 소용군에게로 향했다.

"나는 환영이오. 오히려 젊은 친구들 사이에 내가 무리해서 앉아 있는 게 아닐까 걱정이 될 정도인지라……."

"하하, 사해가 동도라는 곳이 강호인데 나이는 아무렴 어떻습니까. 자자, 정 공자도 어서 앉으시지요."

허락이 떨어지자마자, 단숨에 주(主)를 압도하는 객(客)이 된 초우가 정범에게도 자리를 권했다. 그런 초우의 유쾌한 분위기가 싫지 않은지라 정범의 입가로도 웃음이 떠올랐다.

"어찌 됐든, 이리 다 모여서 하는 말인데. 우리 사태들끼리라도 터놓고 말하는 게 어떻습니까? 소협, 공자, 뭐 이리 불리는 것이 사실 서로 어색한 게 사실이니까요."

"……."

정범과 소용군 모두 소리를 내어 답하지는 않았다.

하지만 고개를 주억임으로써 확실한 동의를 표했다.

"좋군요. 아, 혹시 해서 드리는 말입니다만 차별하는 건 아닙니다. 단지 불편해하실 것 같아서 그런 건데, 괜찮으시면 북궁 소저도……?"

"저는 괜찮아요."

화사하게 웃는 초우의 말을 북궁소가 단칼에 잘랐다.

애초부터 말을 놓고 편하게 행동한다는 행위 자체가 더 어색한 그녀였다.

"뭐, 그러시다면야."

어깨를 으쓱한 초우가 검지를 들어 자신을 가리켰다.

"아시다시피 이름은 초우입니다. 나이는 내년이면 이립입니다."

생각보다 젊은 초우의 나이에 정범의 눈이 크게 뜨였다.

'나보다 어렸구나.'

하긴, 생긴 것만 보자면 그보다도 더 훨씬 어려 보이기도 한다. 단지 초우가 가진 무공이나 성정이 결코 쉽게 느껴지지 않기에 놀랐을 뿐이었다.

"정범. 이제 딱 이립입니다."

"오, 역시 정 공자 아니 정 형이 더 형이었군요!"

초우가 화통하게 웃음을 흘리며 단숨에 칭호를 바꾸었
다.

자연스레 두 사람의 시선이 소용군에게로 향했다.

"이것 참…… 나이는 불혹이고, 소용군이오."

"소 형이라 부르면 되겠군요!"

초우가 단숨에 정리를 내렸다.

확실히 공자나, 소협보다는 그편이 나은지 소용군도 어
렵지 않게 고개를 주억였다.

"자, 그러면 이 초 모가 막내고, 정 형이 둘째, 소 형이
대형이구려. 나이순으로 정리하면 되니 어려울 것도 없겠
습니다."

"대형까지는 아니고, 그냥 편히 지냈으면 좋겠습니다."

"소 형이 원한다면 그리 하겠습니다."

씩— 웃음을 보인 초우의 시선이 다시금 정범을 향했다.

"혹시 정 형은 뭐 불편하신 것 있습니까?"

"아닙니다. 저도 초 소협의 의견에 동의하고 있고……."

"어허, 정 형!"

정범의 말실수에, 눈웃음을 지은 초우가 큰 소리를 냈다.

결국 조금은 머쓱한 표정의 정범은 칭호를 변경할 수밖에 없었다.

"하면 초 아우라고 부르겠습니다."

"듣던 중 반가운 소리로군요. 괜찮으시면 말도 더 편히……."

"어렵습니다."

정범이 단호하게 고개를 내저었다.

칭호 정도야 어찌 된다고 하지만, 곧바로 말을 편히 놓고 지내기에는 부담이 너무 컸다. 소용군 역시 그런 정범의 생각에 빠르게 동의했다.

"저 역시 정 아우 생각에 동의합니다."

"뭐, 두 분이 그러시다면……."

아쉬움 가득한 표정을 한 초우가 입맛을 다시는 사이, 새로이 주문한 음식들이 순서대로 상 위로 올라왔다.

"아, 마침 출출했는데 잘됐습니다. 혹시 두 분 술은 좀 하십니까?"

"조금 합니다."

소용군이 혀끝으로 살짝 입술을 축이며 답했다.

말과 달리 제법 술을 좋아하는 게 분명했다.

"저도 조금은 괜찮습니다."

정범 역시 웃으며 초우의 말에 동의했다. 안 그래도 처음

봤을 때부터 초우와는 술 한 잔 나누어도 좋다고 생각하던 바였다.

"다행이군요. 북궁 소저는……?"

질문은 했지만, 당연히 안 마실 것이라 생각했던 초우였다. 여태껏 철혈빙공이 다른 사내들과 술잔을 기울이는 모습을 보았다는 이야기는 강호 어디에도 없었으니 말이다.

"저도 마실 거예요."

한데 그녀가 의외의 답을 내놓았다.

자연스레 초우의 입가로 큰 미소가 번졌다.

"좋습니다. 하면 다들 시원하게 먹고 즐겨 봅시다. 정 형과는 그간 뵙지 못한 동안 있었던 이야기에 대해 회포도 풀어보지요. 하하!"

예상치 않았던 술자리가 시작되었다.

＊　　　＊　　　＊

얼떨결에 합석한 초우 덕에, 딱딱하던 세 사람의 분위기가 많이 풀어졌다.

거기에 술까지 더해지니 세 사람의 관계는 더욱 급속히 진전되었다.

"아니, 그러니까 정녕 초 아우는 정 아우에게 구명(救命)

의 은혜를 입은 셈인가요?"

"제 목숨뿐만인가요. 너무나 귀하게 아끼는 사제와 사매
마저 정 형이 다 구해 줬습니다."

"부끄럽습니다."

"이 형은 꼭 멋진 일을 하고도 이리 부끄럼을 탄다니까.
너무 그러지 맙시다. 정 형은 내가 아는 무림인 중 몇 손가
락 안에 꼽히는 귀인이요."

초우가 정범의 어깨에 팔을 두르며 말한다.

"동의하는 바요. 나와 우리 사문 역시…… 정 아우가 없
었다면 큰 실수를 할 뻔했으니 말이오."

"당연히 해야 할 일을 했을 뿐입니다. 두 분께서 모자란
저를 너무 띄워 주시는 것 같습니다."

"띄워 주는 게 아니라 있는 말을 했을 뿐입니다. 정 형."

"지나친 겸손도 독이 되는 법입니다. 정 아우는 스스로
에게 조금 더 자신감을 가질 필요가 있습니다."

"옳은 말입니다!"

두 사람이 합심하여 말하자, 정범으로서는 달리 더 변명
을 할 것도 없었다.

"자자, 일단 한 잔 합시다."

초우가 술잔을 들었다.

세 사람 아니, 말없이 듣고만 있는 북궁소까지 합쳐 네

사람의 잔이 허공에서 부딪친 후 술잔이 기울여졌다. 내공으로 취기를 제어할 수도 있겠지만, 네 사람 모두 딱히 그러지 않았기에 얼굴이 크게 붉어진 채였다.

"참, 내 예전부터 바다에서 제일간다는 해왕문의 검을 꼭 견식하고 싶었습니다. 오늘은 이리 술자리에서 만났지만, 내일은 함께 수련을 하시는 게 어떻습니까? 소 형."

"좋지요. 저 역시 패력산장의 강맹한 도가 궁금하던 차입니다. 그리고……."

어느덧 빈 술병을 들어 올린 소용군이 정범을 향해 눈을 빛냈다.

"정 아우의 무공에 대해서도 한번 견식해 보고 싶습니다. 처음 보았을 때부터 쭉, 그래 왔습니다."

"아……."

짧은 감탄을 흘린 정범이 고개를 천천히 주억였다.

지금 소용군의 말은 엄연한 부탁이다.

굳이 저리까지 말하는데 들어주지 않을 이유도 없었다.

"알겠습니다. 하면 저도 내일 함께하겠습니다."

정범의 흔쾌한 허락에, 두 사람의 얼굴이 모두 밝아졌다.

소용군뿐 아니라 초우 역시 창성을 꺾었다는 정범의 무공이 궁금했기 때문이었다.

"그런 거라면 저도 참가할게요."

입을 닫고 있던 북궁소도 한 팔을 거들었다.

"북궁 소저께서?"

"대룡문의 무공까지…… 이것 참, 이 초 모가 정말 운이 좋습니다그려."

소용군과, 초우 모두 놀라움을 숨기지 않았다.

소문으로만 듣던 철혈빙공과 처음 만났다.

그리고 하루도 되지 않는 사이에 소문이란 것이 믿을 만하지 않다는 생각을 몇 번이고 할 수밖에 없었다.

"예. 어차피 정 공자를 제외하고는 모두 무림대회에 참가하실 거잖아요. 적이 되겠지만, 도움이 될 수도 있겠죠."

해왕제일검과 후기지수 중 제일이라는 패력산장의 소패왕.

두 사람 모두 강호에 이름이 난 명사다.

북궁소 역시 자신의 수련에 도움이 될 기회를 저버릴 이유는 없었다.

그렇게 네 사람의 대련이 약속되었다.

*　　　*　　　*

결론만 말해, 약속되었던 다음 날의 대련은 이루어지지 않았다.

정확히 말해서는 이루어지지 못했다.

예정보다 빠르게 숭산의 산문이 열리며, 소림으로 각 지역에 이름난 명문들이 먼저 모이는 대회의(大回議)가 열렸다. 무림대회에 대한 마지막 세부 내용 점검이다. 세 사람은 그 회의에 각 문파의 대표로서 참가해야만 했다.

사문에서 떨어진 명령이니 거부할 수가 없었고, 결국 약속은 미루어질 수밖에 없었던 것이다.

혼자 남은 정범은 산문이 천하오패가 아닌, 일반인들에게 개방될 때까지 계속해서 수련의 시간을 가졌다. 제공을 깨달았으며, 대기 속을 지나는 자연스러운 흐름 또한 알게 되었다. 덕분에 놀라우리만큼 강해졌지만, 여전히 마노와 굉언 대사, 무연 진인, 영 노야 등에 비하자면 부족할 뿐이었다. 이미 알고 있던 사실이지만, 이번에 정범이 느끼는 갑갑함은 과거와 비교할 수가 없었다.

이유는 한 가지였다.

'대체 뭘 더 해야 하는지 모르겠군.'

스승이 없는, 독학(獨學)의 한계를 정범이 처음으로 맞이한 것이었다.

처음 무공을 익힌 이후부터, 정범의 눈앞에는 언제나 벽이 있었다. 정범은 너무나 자연스럽게도 그 벽을 허무는 법에 대해 알고 있었다. 덕분에 언제나 준비를 할 수 있었고,

누구보다 빠르게 성장할 수 있었다.

하지만 이제 더 이상은 아니었다.

벽조차 보이지 않았다.

눈앞이 캄캄하다는 것이 어떠한 심정인지 새삼스레 느껴졌다.

'역시 빨리 굉언 대사를 만나야 해.'

정범의 조급함을 안 것일까?

이주야 뒤.

천하오패에게만 허락되었던 산문이 모두에게 개방되었다.

이제 밤이 지나면 더 이상 무림대회의 참가자도 받지 않는다.

진정한 무림대회의 시작이 다가온 것이다.

물론 그는 정범에게 전혀 관심이 없는 일이었다.

정범의 관심은 오로지 숭산의 소림사에게만 향해 있을 뿐이었다.

이른 아침 산문이 열리자마자 산을 타고 오른 정범은 빠르게 소실봉을 올라 소림사의 현문을 향했다.

검은 현판에, 새하얀 글로 적힌 소림사라는 세 글자가 정범의 두 눈에 똑똑히 들어왔다.

'여기가 소림사!'

현 무림은 천하오패가 지배하고 있지만, 모든 무공의 근원지는 소림이다. 그를 생각하니 가슴이 뛴다. 몰려드는 사람들을 보고도 미동도 없이 현문을 지키는 소림승들의 모습에서는 감동마저도 느껴졌다.

'바쁜 시기일 텐데도 침착하구나.'

아닌 게 아니라, 주변에는 소림사를 둘러보기 위해 모인 관광객들을 제외하고라도, 수많은 스님들이 나와 있었다.

인원을 통제하고, 얼마 후에 열릴 무림대회의 개최 준비를 돕기 위해서다.

문득 정범의 뇌리에 걱정이 스쳐 지나갔다.

'소림이 이렇게 바쁜데 굉언 대사를 만날 수 있을까?'

고민이 되지만, 어차피 제자리를 지키고 있어서는 아무런 답이 없다.

정범은 고민을 접고 현문을 지키는 두 스님에게로 다가갔다.

"아직 소림 내부로는 입장이 불가능하십니다. 죄송하지만 대회가 개최된 후에 오시지요, 시주."

숭산의 산문은 개방되었지만 아직 소림의 문이 열린 것은 아니다. 무림대회가 개최되는 당일까지는 준비로 바쁜 탓에 외부인을 받아들일 수 없는 입장인 탓이었다. 하나 이 정도까지는 정범 역시 예상했던 바였다.

소림이 외부인을 받을 생각이었다면 문파의 현문이 활짝 열려 있었을 터니 말이다.

"하면 안으로 소식 전달이라도 부탁드려도 되겠습니까?"

산문이 열리기 전에는, 소림 인근에도 다가오지 못하여 건네지 못했던 말이다.

하지만 지금은 소림의 스님들이 있으니 말이라도 전해볼 수 있었다.

"소식 말씀이십니까? 어느 분에게 전달해 드리면 될까요?"

다행히도 소림의 스님들은 편안한 미소를 보이며 정범의 말을 쉽게 받아주었다.

"굉언 대사님이십니다. 대흥에서 뵌, 정 가(家)라고 하시면 아실 겁니다."

정범의 말에, 친절한 태도로 일관하던 소림승의 표정에 의아함이 어렸다.

"굉언 대사님이요?"

두 사람의 시선이 서로를 향해 오간다.

"굉 자 돌림이라면 이미 일선에서 물러나신 원로님들이신데……."

"아, 그렇습니까? 만나기는 어려울까요?"

두 소림승의 얼굴에 난감함이 어렸다.

만나는 것은 본인이 원한다면 어려운 일은 아니다.

문제는 두 사람 모두 굉언이라는 법명을 들어 본 적이 없다는 점이었다.

"음, 모르겠습니다. 둘 다 처음 듣는 법명인지라……."

우측에 선 스님이 고개를 내저었다.

천하는 넓고, 소림의 중을 사칭하는 승려는 많다.

때문에 그들은 정범이 말하는 굉언이 그러한 사기꾼일지도 모른다는 생각을 하고 있었다.

"하, 하면 굉언 대사께서 소림에 안 계신다는 말씀이십니까?"

"일단 우리가 알기로는 그렇습니다."

"그럴 리가 없는데……."

다른 인물도 아니고 굉언 대사다.

그가 굳이 자신의 출신을 숨길 필요가 있을까?

정범은 무언가 사정이 있다고 생각했다.

"죄송하지만 안에 한 번만이라도 알아봐 주실 수 없겠습니까? 그래도 없다고 하시면 물러나겠습니다."

그 간절한 부탁에, 조금 난처한 웃음을 보이던 우측 스님이 한숨을 내쉬며 고개를 끄덕였다.

"알겠습니다. 하지만 기대는 하지 않는 게 좋으실 겁니다."

"감사합니다."

스님의 친절에, 정범이 활짝 핀 미소를 지으며 감사를 표했다.

어찌 되었든 알아보지도 못하는 것보다는 나은 상황이었으니 말이다.

*　　*　　*

정범의 부탁을 받아, 한참 동안 소림 내부를 돌아다녔던 스님은 곧 미소 띤 얼굴로 다가와 고개를 내저었다.

"역시 누구도 그런 법명은 들어본 적이 없다고 하시는군요."

"그렇습니까?"

"예. 죄송합니다, 어떻게든 도움이 되어드리고 싶었는데…… 아미타불."

"아닙니다. 스님께서는 할 수 있는 일을 다 해 주신 것 아니십니까. 그 마음만으로도 너무 감사합니다."

맑게 빛나는 눈을 한 스님이 거짓을 말하는 것 같지는 않았다. 때문에 정범은 더 이상 부탁도, 재촉도 하지 않은 채 현문을 떠났다.

'정말 굉언 대사께서 소림의 스님이 아니란 말인가?'

의문이 떠올랐다.

하나 몇 번을 생각해도 굉언이 그에게 거짓말을 할 이유가 없었다.

때문에 정범은 한숨을 내쉬며 갑갑한 마음으로 산 아래를 향해야 했다.

'이거 괜히 숭산까지 헛걸음을 한 것은 아닐까 모르겠군.'

어쩌면 해왕도에서 영 노야를 기다리는 편이 현명했을 수도 있다.

그리 생각하는 정범의 어깨 위로 손 하나가 올려졌다.

"아미타불, 시주. 잠시만 기다리시지요."

흠칫.

기척을 느끼지 못한 사이 다가온 손과 목소리에, 정범의 몸이 살짝 떨렸다.

'엄청난 고수.'

만약 등 뒤의 인물이 나쁜 마음을 먹었다면 이미 정범의 목이 바닥을 뒹굴고 있었어도 이상한 일이 아니었다. 다행히 상대에게는 적의(敵意)가 없었기에 살아남은 셈이다.

'아무리 마음을 비우고 있었다지만…….'

고개를 돌려, 상대의 얼굴을 확인한 정범은 또 한 번 놀랐다.

젊다.

머리를 밀고, 계인을 찍어도 한눈에 알아볼 수 있을 정도로 상대는 젊었다.

잘해야 이제 갓 정범과 비슷한 나이.

강호에 나온 이래 처음으로, 또래 중 자신과 비슷하거나 더 강한 인물을 처음으로 만난 정범이었다.

놀란 표정을 한 정범에게, 인자한 웃음을 보인 스님이 합장을 하며 고개를 숙였다.

"반갑습니다, 정 시주. 본 중은 무호(無號)라고 합니다. 아미타불."

"무호 스님……."

"그리 불러주시면 됩니다. 이렇게 갑작스럽게 인사드린 건 다름이 아니라, 스승님께서 정 시주를 모셔오라고 하셨기 때문입니다."

굳이 스승이 누구인지 물어볼 생각은 들지 않았다.

이미 무호를 처음 본 순간 굉언의 얼굴이 겹쳐진 덕이었다.

"역시…… 대사는 소림에 계셨군요."

"예. 스승님께서는 소림에 계십니다. 함께 가시겠습니까?"

물으나 마나, 정범은 애초에 굉언을 만나기 위해 이곳까지 왔다.

"물론입니다."

"하면 이리로 오시지요. 가는 길이 조금 험난합니다."

그 말과 함께, 무호의 신영이 순식간에 사라졌다.

황금빛에 둘러싸여, 마치 화살과 같이 날아가는 그의 뒷모습을 바라본 정범의 이마로 식은땀이 흘렀다.

'풍보로 쫓을 수 있을까?'

고민할 시간조차 아까웠다.

*　　*　　*

무호의 가는 길이 험하다는 말은 과언(過言)이 아니었다.

굉언이 분명 소림에 있다 하였거늘, 무호는 소림의 현문을 향하지 않았다.

그는 마치 정범을 약 올리기라도 하려는 듯 소실봉을 빙글 빙글 돌아, 계곡을 뛰어넘고, 울창하게 자란 수풀까지 지났다. 이어서 마주한 것은 높디높은 절벽이었다.

"한 번에 뛰는 것은 힘듭니다. 중간에 보면 발 디딜 곳이 있으니 잘 따라오셔야 합니다."

뒤로 바짝 쫓아온 정범을 보며, 눈을 빛낸 무호가 지면을 박차 절벽의 절반 정도를 단숨에 뛰어올랐다. 이후 아주 작게 삐져나온 돌부리를 밟고는 다시 한 번 허공으로 도약하더니 순식간에 새처럼 날아 절벽 위에 올라섰다.

꿀꺽—!

그 모습을 본 정범이 침을 삼켰다.

'정녕 신법만큼은 신기(神技)에 다다랐다 하여도 과언이
아니겠구나.'

고작 두 번의 도약이다.

그것만으로 일백 장(一百 丈)에 가까워 보이는 절벽 위로
단숨에 뛰어올랐다.

한 번의 도약으로 오십 장을 넘어섰다는 말이다.

'말로만 듣던 소림의 일위도강인가?'

단 한 번의 도약으로 강을 건넌다는 일위도강을 떠올린
정범의 눈에 고민이 어렸다.

풍보는 무엇보다 빠르지만 높이 뛰는 것에는 그리 유리
하지 않다.

운보 또한 험난한 길을 지날 때에는 유리할지 모르나 도
약에는 유용하다 보기 힘들었다.

다행히도 마침, 무호의 움직임을 보며 해 보고 싶은 것이
하나 떠오른 정범이었다.

'될까?'

언제나 그렇듯, 고민은 짧았다.

어차피 안 되면 다른 방법도 없다.

괜한 심력을 낭비할 필요가 없는 것이었다.

정범은 대기 속에 흐르는 기운의 틈새로 몸을 집어넣었다. 이후, 단전에서 꿈틀대고 있는 기운을 끌어올려 두 갈래로 분리시킨다. 군자심공의 효능에 자연스럽게 녹아 있던 바이기에 어려운 일은 아니었다.

마지막으로 한 일은 그러한 두 갈래의 내력을 서로 부딪치게 한 것이었다.

꽝—!

정범의 귀에만 들리는 폭음이 울려 퍼졌다.

동시에 정범의 신영이 순식간에 절벽 위로 치솟았다. 달리 표현할 방법이 없었다. 중력의 법칙을 완전히 무시한 것만 같은, 엄청난 반동이었다. 그 흐름을 타고, 단숨에 절벽 꼭대기까지 오른 정범의 이마 위로 식은땀이 줄줄 흘렀다.

툭 튀어나온 혈관은 금방이라도 터질 것 같아도 보였다.

'자세를 잡기 힘들어.'

결국 정범의 선택은 하나뿐이었다.

방향만 올바르게 향한 후, 몸을 굴린다.

"큿!"

볼썽사납기는 하지만, 완벽히 절벽 위에 안착한 정범이 신음을 흘렸다.

"와…….."

그 모습을 본 무호는 감탄을 흘렸다.

설마 그 높은 절벽을 한 번에 오를 것이라고는 상상도 못했던 탓이었다.

'생각보다 훨씬 어렵군.'

이는 마노의 혈폭마공과, 무호의 딱딱할 정도로 정순하면서도 폭발하는 듯한 무공을 보며 떠올린 방식이었다.

결과는 나쁘지 않지만 굉장히 부담이 된다.

"이거…… 생각보다 무식한 방법이로군요."

머쓱한 얼굴로 자리에서 일어난 정범이 말했다.

무호는 고개를 내저었다.

"단순히 그렇게 표현할 것이 아닙니다. 저는 그런 식으로 내력이 사용되는 걸 본 적이 없습니다."

아니, 애초에 그를 벗어나 군자심공과 같이 내력이 두 갈래로 갈라지는 특이한 특성이 없는 한 불가능한 일이다. 자세한 내막을 모르는 무호의 입장에서야 더욱 놀랄 수밖에 없다.

"말 그대로 무식한 방법입니다. 부작용도 크고…… 어쨌든, 아직 갈 길이 남았지요?"

고개를 내젓는 정범의 말에, 무호가 답했다.

"무리시면 조금 쉬었다 가도 됩니다."

"아직은 괜찮습니다."

정범이 고개를 내저었다.

비록 생각보다 강한 힘에 균형을 잃었었지만, 내부가 진탕된 정도까지는 아니었다. 한 번 더 같은 방법을 시도한다면 또 모를 테지만 말이다.

'어찌 됐든 나도 비장의 한 수(數)가 생긴 건가.'

물론 부작용이 제법 크기는 하다.

게다가 무공의 성장이라기보다는 꼼수에 가까웠지만, 나름대로 만약의 때에 대비한 특별한 한 수가 생겼다 생각하면 기꺼운 일일 수밖에 없었다.

'이름은 폭기공(爆氣功)이라고 하자.'

기 두 가지를 폭발시키며 효과를 만들어 내니 달리 지을 이름도 없었다. 게다가 폭기공에는 정범이 예상하지 못했던 놀라운 현상이 존재했다.

두 갈래의 기운이 부딪쳐 폭발하며 사라지지 않고, 오히려 넷으로 나뉘는 현상이 발생했다. 예상이지만 넷을 부딪칠 수 있다면 여덟로 갈라질 확률이 높았다.

'계산대로라면 무한정 강해질 수 있겠지만……'

애초부터 두 개의 기운이 부딪치는 것조차 감당하기 힘든 정범의 입장에서야 입에도 담지 못할 헛생각이다.

"하면 출발하겠습니다."

괜찮다고 하였는데도, 정범의 숨이 골라질 때까지 말없

이 기다리던 무호가 다시 앞장서 달리기 시작했다. 시간을 두었던 덕에 한결 편해진 정범이 빠르게 그 뒤를 따랐다.

절벽마저 지나자, 이전까지에 비해 조금은 편한 길이 펼쳐졌다.

그저 수풀이 많이 우거져 거치적거린다는 사실 하나만이 걸음을 불편하게 할 뿐이었다.

"다 왔습니다."

앞서 뛰던 무호의 말마따나, 머지않은 곳에 작은 나무집 하나가 보였다. 허술하게 대충 비와 바람만 막을 수 있게끔 만들어진 나무집을 본 정범이 고개를 주억였다.

"저곳에 굉언 대사께서 계시는군요."

"스승님은 손님을 맞이하고 계십니다."

"손님?"

"예. 시주보다 먼저 이곳에 도착한 어른이 한 분 계셔서요."

무호의 말에 정범의 눈에 호기심이 어렸다.

대체 누굴까?

물론 생각만으로는 알 수 없는 일이었다.

또 한편으로는 의문도 많았다.

'여기가 정말 소실봉이긴 한 것일까?'

소림이 위치한 소실봉은 아무래도 많은 사람이 오가는

만큼 길이 잘 놓여 있다. 또한 높은 절벽도 잘 없으며, 협로는 더더욱 찾기 힘들다. 하지만 정범이 방금 전까지 무호와 함께 뛰어온 길은 그 모든 것을 포함하고 있었다.

'하지만 무호 스님이 분명 굉언 대사는 소림에 계신다고 하였다.'

정범은 무호를 의심하지 않았다.

굉언만큼이나 그를 믿고 있는 탓이다.

결국 모든 의문과 생각은 호기심이라는 단어 하나로 좁혀 들어갔다.

"안으로 드시게."

정범과 무호가 작은 문 근처로 다가가자마자, 방 안에서부터 굉언 대사의 잔잔한 목소리가 흘러나왔다.

"하면 문을 열겠습니다."

무호가 조심스럽게 문을 열고, 방 내부의 모습이 드러났다. 직후 정범은 깜짝 놀라 소리칠 수밖에 없었다.

"영 노야!"

"여기서 또 보는구나."

손님이 있다는 말에, 혹여 무연 진인이 아닐까 기대했었다. 전혀 모르는 사람일 수도 있다는 생각도 했다. 하지만 영 노야는 정말 상상도 못 했다. 그는 분명 해왕도에 묶여 있는 인물로 보였으니 말이다.

"일이 좀 생겨 약속을 못 지키게 됐었구나. 미안하다."

"아닙니다. 그보다 영 노야께서 어찌 이곳에……."

놀라는 정범을 향해, 인자한 미소를 보인 굉언 대사가 손짓했다.

"우선 자리에 앉으시게. 비록 좁아 발 하나 뻗기도 힘들다지만 바깥보다는 낫지 않겠나."

"알겠습니다."

굉언 대사의 잔잔한 목소리에 담긴 힘일까?

생각보다 더 빨리 평안을 찾은 정범이 고개를 주억이며 방에 들어서 자리에 앉았다.

사람 넷이 들어앉으니 굉언 대사 말마따나 발 하나 뻗기도 힘든 좁은 공간이다.

"집이 많이 좁아 손님들께 결례가 되는 것 같습니다그려."

"아닙니다. 대사. 제가 본래 살던 집도 크게 다르지 않은 걸요."

정범이 웃으며 손을 내저었다.

그에게 있어서 이 좁은 공간이란 딱히 어색하지도 않은 탓이었다.

"저 역시 괜찮습니다. 이 모든 게 대사의 수행을 위한 일 아닙니까."

영 노야 진한 웃음을 보이며 말한다.

"수행은 무슨. 그저 제 한 몸 추스르기 바쁜 신세라 그런 게지. 그래도 부처님의 은덕이 있어 굶어 죽을 일은 없습니다그려. 아미타불!"

불호와 함께, 웃음을 보인 굉언 대사의 두 눈이 정범을 향했다.

여전히 맑고, 곧기 그지없는 그 눈빛에 정범의 마음 한편마저 따뜻한 기운이 피어오른다.

"그래요, 정 시주. 오랜만에 뵙는구려. 그간 잘 지내셨습니까?"

"대사의 걱정 덕에 무탈하게 지냈습니다."

사실 무탈은 아니었다.

많은 일이 있었고, 고심도 많았다.

마음이 바빠 이곳까지 쫓아올 정도였으니 굳이 더 말할 필요가 있겠는가? 하지만 편안한 목소리로 물어오는 굉언을 보고 있자니 그 모든 걱정이 한 여름 태양 아래 눈 녹듯 사라져 버린다. 절로 마음에 깃드는 평안(平安)이다.

"제 덕이 어디 있겠습니까. 다 부처님의 덕이지요. 아미타불. 그래도 이리 건강한 모습으로 뵈니, 참으로 다행이라는 생각이 듭니다."

"그래, 건강한 모습이라 정말 다행이다. 아해야."

영 노야 역시 굉언 대사의 말에 동의를 하고 나섰다.

이후 정범을 바라보며 두 눈을 반짝 빛낸다.

"조금 마음이 가라앉은 것 같구나."

"알고 계셨습니까?"

"사람이란 게 굳이 말을 해야지만 아는 것이 아니야. 때로는 절로 보이는 것도 있는 법이지. 대사께서도 그런 너의 마음을 가라앉히고자 우선 말씀을 꺼내신 걸게다."

"부끄럽습니다."

말마따나, 정범의 얼굴이 살짝 붉게 달아올랐다.

조급한 것이 그리 눈에 보일 정도였다니, 스스로의 공부가 부족하다는 생각이 먼저 들어서였다.

"부끄러울 게 뭐가 있겠느냐. 어찌 되었든 조금 안정된 것 같으니, 내가 먼저 질문을 하나 해도 되겠느냐?"

"물어보시지요."

정범은 고개를 주억였다.

그 역시 영 노야에게 묻고 싶은 게 많았지만, 제 마음은 우선 뒤로 미루어 둔 채였다.

"근래에 흡정마공을 사용한 적이 있느냐?"

"예."

망설임 없는 정범의 대답에, 영 노야가 고개를 주억였다.

역시 알던 대로다.

반면 굉언 대사의 눈은 가볍게 떨렸다.

"그 힘은…… 결코 용납될 수 없는 악(惡)입니다. 시주의 사정은 알지만 되도록 자제하는 것이 심성(心性)에 큰 도움이 될 것입니다."

"예. 대사. 하지만 어쩔 수 없는 상황이었습니다."

"어쩔 수 없는 상황. 맞습니다. 대사. 제가 말씀드렸지 않습니까. 저 아해 외에 또 다른 흡정마공의 소유자가 나타났습니다."

흡정마공은 같은 흡정마공으로밖에 막을 수 없다.

물론 이조차도 이론에 불과할 뿐이다.

한 시대에 흡정마공을 익힌 이가 둘이었던 적은 있으나, 두 사람의 격돌을 직접 본 사람은 누구도 없었으니 말이다.

"정체가 누구였는지 말해 줄 수 있겠나?"

영 노야가 다시금 물어 왔다.

"마노였습니다."

"……역시 죽지 않았던 겐가."

"아미타불, 아미타불."

영 노야와 굉언 대사, 두 사람 모두 생각보다 빠르게 현실을 받아들이며 고개를 주억였다.

"죄송합니다. 저는 그가 죽었다고 생각했습니다."

"알고 있다. 네 이야기를 듣고 나 역시 그 정도라면 죽을 수밖에 없겠다고 생각했었으니 말이다."

하지만, 역시 천하의 마노다.

자연스레 영 노야의 미간이 깊게 찌푸려졌다.

흡정마공의 소유자가 마노였다면, 이야기는 더욱 복잡해지게 된다.

얼마 전 그가 만났던 마도의 무리들.

그들은 분명 마노를 보호하고 있었다.

"영 노야께서도 그 현장에 오셨었군요."

"굼뜬 움직임이었지. 상대가 마노인 줄 알았다면 훨씬 빨리 갔었을 게야."

새삼스레 자신의 행동에 후회를 느낀 영 노야가 쓴 웃음을 지었다.

"그나저나 대사께서 결국 옳으셨군요."

"……?"

영 노야의 시선이 굉언 대사에게로 옮겨지자 정범이 의문을 표했다.

"네 이야기를 대사께 모두 전했다. 대사는 안타까워 하셨고, 마노의 죽음에 놀라신 후, 역시 살아 있을 것 같다고 하셨었다."

"그래서……."

"아미타불. 마노는 시대의 악성(惡星)이자, 광성(狂星)입니다. 그가 정녕 죽었다면 하늘에 낀 어둠이 조금은 걷혔었겠지요."

"대사께서는 천기(天氣)마저 보실 수 있는 겝니까?"

정범의 질문에, 굉언 대사가 헛웃음을 터트렸다.

"천기는 무슨. 그저 눈대중일 뿐이지요. 그나저나……
이리 된 이상 마노의 생존은 확실해졌고. 지금은 그 흔적조
차 잡을 수 없는 상태라……."

뒤를 쫓던 영 노야마저 놓쳤다.

몇십 년을 마노만 추격하던 굉언 대사도 그를 놓친 지 오
래다.

한데 그런 마노가 살아 있다.

천하의 재앙이 제멋대로 돌아다니고 있으니 가슴이 답답
할 노릇이다.

하지만 두 사람 나름의 희망은 가지고 있었다.

이미 정범이 오기 전, 그가 도착했다는 이야기를 듣자마
자 함께 생각했던 사실이다.

"정 시주께 해야 될 이야기가 있습니다."

조심스럽게, 굉언 대사가 먼저 입을 열었다.

"말씀하시지요."

어차피 그냥은 부르지 않았으리라 생각했다.

정범 역시 그냥 굉언 대사를 찾지 않았으니 말이다.

"참으로 긴 이야기가 되겠군요."

정범을 바라보며, 눈을 가라앉힌 굉언 대사가 천천히 입을 열었다.
　오랜 이야기였다.

第十二章

대적(大敵)

천하공부 출소림.

모든 무공은 소림으로부터 출발하였다고 한다.

오백이십 년, 보리달마(菩提達磨)가 구 년의 좌선 끝에 사람의 마음으로 도를 얻어야 한다 하여 선종불교가 시작되고, 그 뒤로 이어진 소림권(少林拳)의 가르침은 천하에 존재하는 모든 무공의 근원이 되었다.

모두가 흔히 알고 있는 이야기다.

하면 달마 대사가 좌선을 마치기 전까지는 무공이란 것이 세상에 존재하지 않던 것일까? 정답만 말하자면 아니었다. 무공은 이미 그보다 먼 과거에서부터 존재했다. 다만 정립된 형식과, 기준이 없었기에 따로 이름이 존재하지 않았을 뿐이다.

태초의 무공은 인간이 짐승을 사냥할 때에서부터 시작되었으니, 그 끝을 따질 수가 없다고 할 수 있는 것이다.

보리달마는 그러한 무공에 체계를 만들었다.

첫 시작은 승려들의 건강을 위한 행위였다.

불도(佛道)를 깨닫기 위해서는 마음을 청정하게 갈고 닦아야 하고, 그리 하다 보면 자연스레 건강이 해쳐지니 그를 보완할 방법이었던 셈이다.

문제는 소림권의 창시자다. 부처의 환생이라고도 불리는 보리달마가 만든 것이니, 어찌 평범하겠는가?

소림권을 행하다 보면 기운이 북돋아져 몸에 힘이 솟아났다. 이미 많은 이들이 가지고 있지만, 어찌 표현할지 모르던 이 힘을 보리달마의 추종자들은 내공(內功)이라 이름 붙였다. 자연스레 그러한 내공을 사용하지 않는, 무술의 단련은 외공(外功)이라는 이름으로 분류되었다.

이때까지만 하여도, 무림이라는 세계에 작은 돌이 던져진 것에 불과했다.

문제는 달마 대사가 소림을 떠나기 전 마지막 심득으로 남긴 역근세수경이었다.

불가의 깊은 가르침을 깨달으라며 남겨둔 그 글 속에는

천하의 무엇보다도 뛰어난 무공의 가르침이 담겨 있었다.

불가의 가르침과, 무공의 상승.

그야말로 완벽하다고밖에 볼 수 없는 두 길을 하나로 묶어놓은 역근세수경은 소림의 수많은 승려들을 자극했다.

하나 그러한 역근세수경을 본질까지 파고들 수 있는 인물은 누구도 없었다. 밤을 지새워 파고들어도 그 끝은커녕 겉조차 제대로 이해하기 힘든 책이 바로 역근세수경이다. 익힌다면 최소 천하제일의 무인, 잘하면 열반에 들 수도 있을지도 모른다고 하지만 역근세수경의 벽은 너무나 높기만 했다.

그렇다고는 해도 기서는 기서.

다른 누구도 아닌 보리달마의 몇 없는 저서이자, 단순히 겉만 핥아도 수많은 심득을 남기는 신서(神書)다.

소림은 역근세수경을 누구도 익힐 수 없지만, 명실상부한 소림 최고의 무공으로 올렸다.

그로부터 깨달음을 얻어 세상으로 나간 소림의 승려들은 자신들이 보리달마로부터 얻은 공부를 나누어 주고, 내공과 외공의 구분을 명확히 하였다.

신(新) 무림의 시작이었다.

위진남북조 시대, 남과 북으로 갈라져 중원이 다툴 때에 신 무림 역시 큰 변화의 물결을 맞았다.

그 속에서 탄생한 길이 지금의 정도와 사도, 마도다.

정범이 알고 있는 마신교는 그러한 마도의 시작이었다.

"그리고 마노는 그러한 마도의 끝이라고 할 수 있겠지요. 아미타불."

아주 오랜 시절부터 시작된 긴 이야기에, 귀를 기울이고 있던 정범이 침을 꿀꺽 삼켰다.

무공의 시작에 보리달마가 있었다.

따지자면 보리달마는 정도의 시조(始祖)라 할 수 있는 것이다.

또한 그의 제자들과, 추종자들이 나서서 세상에 알린 무공이 변질하여 또 다른 길을 만들어 냈으니, 바로 사도(邪道)의 시작이다.

하나 마도는 다르다.

굉언 대사의 말마따나, 마도의 시작은 마신교였다.

그들은 소림의 무공을 완전히 배척했다.

정확하게는 접할 기회도 없었다.

마신교가 시작된 땅은 저 멀리 팔황 인근의 깊은 야산이었다. 문명과, 종교, 어느 쪽의 혜택도 받지 못한 채 성장한 그들은 오로지 살아남기 위해 강해져야만 했다. 그리고 그렇게 강해지는 방법에서 수단을 가릴 틈이 없었다. 당장 오늘 힘을 내지 않으면 내일 죽게 된다. 그들은 최악의 방법이나마, 최고의 효율을 찾아낼 수밖에 없었다.

그렇게 하여 강대한 힘을 손에 넣었고, 중원이라는 비옥한 땅을 처음으로 맞이했다.

너무나 탐이 나는 곳.

처음, 마신교는 자신들의 힘이 있다면 넓은 중원마저 한 손에 쥘 수 있다고 믿었다.

하나 직접 마주한 중원은 너무나 넓었다.

또한 역사의 깊이가 있었다.

때문에 마신교는 처음 생각과 다르게 조금 더 신중하게 움직이기 시작했다.

일단 자신들의 가장 큰 약점인, 숫자가 적다는 점을 극복하기 위해 중원의 수많은 어린아이들을 납치했다. 또한 자신들과 같이 어떠한 혜택도 받지 못한 비(非) 문명인들에게 마신교의 가르침과 힘을 전파했다.

수심 깊은 곳에서 시작된 그들의 움직임은 어느덧 천하전체를 뒤흔들고 있었다.

마신교, 마도의 무공은 강력하지만 그만큼이나 큰 위험을 동반한다. 또한 익히는 과정 역시 또 다른 누군가의 희생을 강요하는 것이 대부분이다.

마신교의 교도 수가 늘어날수록, 그들은 처음 계획과 다르게 판을 키울 수밖에 없었다.

결국 서로를 향해 이빨을 들이밀던 두 국가가 마신교라는 공동의 적을 향해 검을 뽑게 되었다.

처음 마신교는 덜컥 겁을 먹었다.

중원의 패권을 다투는 두 국가가 동시에 검을 뻗어오니 무서울 수밖에 없던 탓이다.

하나 첫 대전.

일천의 마인으로, 십만의 군세를 물리친 그들의 심경이 완전히 바뀌었다.

마도는 강하다!

그들은 이미 천하를 손에 쥘 수 있을 정도의 힘을 얻었다.

파죽지세로 세력을 불려나가며, 잔혹한 짓도 서슴지않고 무공을 익혀나가는 그들을 보며 중원 전체가 식은땀을 흘렸다.

소림, 종남, 모산.

그 과정에는 무림삼파라 불리는 거인들이 움직였다.

당시에는 그저 작은 지역의 패주였을 뿐인 수많은 중소문파도 함께 거동했다.

첫 시작은 소림에서부터였다.

마도에 의해 밖으로 나가 있던 제자 다섯과, 자랑하던 십팔나한 중 셋을 잃은 그들이 무림연합군을 결성한 것이다.

군대에 이어, 무림이 움직였다.

마도는 중원무림을 상대로도 자신이 있었다.

숫자도 비슷하고, 무공으로는 결코 밀리지 않는다.

자신만만한 마도는 대격전을 준비했다.

첫 대전.

생각보다 적은 피가 흘렀다.

마도의 위력을 정확히 모르는 무림연합군의 행동이 조심스러웠던 탓이다. 그 와중에 깨닫게 된 명확한 사실은 하나였다.

마도는 생각보다 훨씬 더 강하다.

전 중원의 무인들이 모인 신 무림연합군을 명확히 압도하고 있었다.

무엇보다 그들의 무공은 난폭하고, 잔인하였으며, 기이했다.

생전 처음 겪어보는 마도의 무공에 무림연합군은 두려움이라는 감정을 가졌다.

싸움이 시작되기 전부터, 패배의 조짐이 깃들었다.

그때 나선 것이 지금은 죽은 굉언 대사의 스승이자, 소림의 무불(武佛)이라 불리던 소운 대사였다. 늘 스스로가 말솜씨가 없다 하던 그는, 말 대신 몸이 무엇인지 몸소 보여주었다.

둘째 날, 홀로 전방에서 나찰(羅刹)과 같이 마도인들을 찢어 죽이는 그의 모습에 무림연합군의 사기가 단숨에 올라갔으니 말이다.

이날 역시, 생각보다 적은 피가 흘렀다.

흉포하던 마도인들마저 소운 대사의 모습에 질려 뒷걸음질 친 덕이다.

그리고 대망의 삼 일째.

사건은 예상외의 곳에서부터 일어났다.

소운 대사에게 놀랐지만, 여전히 강렬한 기세를 보이던 마신교 내부에서부터 혼란이 피어났다. 갑작스럽게 지휘 체계가 무너지며, 마신교 무인들 사이로 혼란이 일었다. 무림연합군 입장에서야 기회를 놓칠 이유가 없었다.

그렇게 생각보다 쉽게, 무림연합군은 승리를 거두었다.

이후 마신교에 속한 이는 누구도 살려둘 수 없다는 명호를 내건 추격전이 시작되었다.

집요하고, 잔인한 추격이었다.

그리고 당시, 전 무림은 최악의 마(魔).

마노와 만나게 되었다.

어째서인지 모습조차 보이지 않은 마신교의 교주였던 역천마(逆天魔)의 독문무공, 흡정마공을 펼친 그의 손에 의해 무림이 자랑하던 고수 일백이 죽은 것이 시작이었다.

뒤를 따라 파견된 정예 고수 삼백이 이틀 만에 전멸 당했다.

기겁한 중원은 최고의 무인들 오십을 묶어, 참마단(斬魔團)을 형성해 마노를 추격했다.

그중에는 무림대전 당시 최고의 활약을 펼쳤던 소운 대사 역시 포함되어 있었다.

해왕문 최고 고수인 영 노야 역시 마찬가지다.

굉언 대사도 그 자리에 있었다.

무연 진인과, 그의 스승도 함께였다.

고작 한 명을 쫓는 일에, 과하다 싶은 힘이 실렸다.

모두들 승전을 예상했다.

그리고 참마단이 처음 마노를 만난 날, 모두의 상상은 보기 좋게 박살 나 버렸다.

생존자는 고작 칠 명 남짓.

그 외는 모두 죽었다.

함정도 없었다. 순수한 마노의 힘이었다.

"대체 어떻게……."

이야기를 듣던 정범이 믿겨지지 않는다는 듯 떨리는 목소리로 물었다.

처음 마노가, 홀로 마신교를 멸망시켰다고 할 때부터 가지고 있던 의문이었다.

정범이 아는 마노는 강하다.

적어도 현재 그가 아는 한도 내에, 마노는 천하제일이다.

하지만 그렇다고 하여 굉언 대사와 무연 진인, 영 노야 셋을 합친 것만큼 강하지는 않을 거라 생각했다.

셋 보다 강하다고 하여도, 종이 한 장 차이라고 생각하고 있었다.

한데 마노는 정녕 홀로 마신교 전체를 뒤집었다.

교주였던 역천마를 죽인 것도 그가 분명했다.

아니, 보이지 않는 결과를 말할 필요는 없었다.

분명한 진실로, 마노는 오십의 참마단을 홀로 도륙(屠戮)했다.

"당시의 무림연합군에는…… 지금의 굉언 대사와 영 노야와 같은 고수는 없던 겁니까?"

질문을 하는 정범의 목소리가 떨린다.

혹시나, 어쩌면, 상상했던 최악의 이야기를 듣게 될 지도 모른다는 예감이 들었다.

"있었지요. 말씀드리지 않았습니까. 그곳에는…… 제 스승님도 계셨습니다."

"소운 대사님보다는 못하지만, 근접한 실력자만 아홉은 더 있었지."

"하, 한데 마노 한 명에게……?"

영 노야와, 굉언 둘 모두의 입가로 쓴웃음이 번졌다.

"아해야. 내가 일전에 마노에게 패한 적이 있다고 하였지?"

뒤를 이어, 영 노야가 물었다.

"기억합니다."

"홀로 패한 게 아니었다. 우리 모두가 패했다. 그리고 다시 싸운다면 다를 것이라고도 하였지."

"예, 분명 그리 말씀하셨는데……!"

"마노가, 힘을 모두 회복하지 않았다는 전제 하에서다."

"……."

전력(全力).

여태껏 정범은 자신이 보아온 마노의 힘이 전력일 것이라고 생각했다.

워낙 무시무시한 마노였기에, 마음 한편으로는 혹시 하는 생각도 있었지만 말도 안 된다고 생각했다. 정범이 대흥에서 만났던 마노만 하여도 가히 재앙이라 불려도 될 정도의 존재다.

한데 그게 전력이 아니라고?

"치열한 싸움이었습니다. 오십이 갔지만, 십존(十尊)을 제외하고는 모두 의미가 없었지요."

"오히려 방해만 됐지."

"방해…… 그랬지요."

마노에게는 흡정마공이 있다.

치열한 싸움을 하는 그에게 있어, 상대도 되지 않는 나머지 사십은 흡정마공을 통해 그의 힘에 도움이 되는 거름일 뿐이었다.

"성과(成果)가 없던 건 아닙니다. 그 싸움으로 마노는 힘의 대부분을 잃고, 도주해야 했으니까요. 십존, 그분들의 희생이 있었기에 가능한 일이었지요. 아미타불."

당시를 떠올린 굉언 대사의 두 눈가가 살짝 젖어들었다.

성과라고 말하였지만, 그야말로 최악의 결과였다.

전 무림이 자랑하던 십 명의 무신(武神)을 잃고, 마노는 결국 살아서 도망갔다.

"이후로 또 다시 긴 추격이 시작되었습니다. 지금이 아니라면 마노를 죽일 수 없다고 생각해서였지요."

하지만 한 번 흔적을 감춘 마노를 쫓는다는 것은 쉬운 일이 아니었다.

결국, 추격은 실패했다.

마노를 완벽히 놓친 것이다.

"한동안 마노는 모습을 보이지 않았습니다. 많이 상처 입은 만큼, 회복할 시간도 필요했겠지요. 추격은 포기했지만, 우리는 기다리고 있었습니다. 마노가 다시 나타날 때를요."

"그럼 놈이 다시 나타났을 때는?"

정범이 침을 꿀꺽 삼켰다.

예측이 간 탓이다.

"대흥. 우리는 그곳에서 마노를 다시 만났었습니다. 아미타불."

굉언 대사의 말에, 정범의 심장이 덜컥 내려앉았다.

마노의 재등장과, 두 사람의 만남.

그리고 무한회귀.

어쩌면 생각보다 복잡한 운명이 그를 묶고 있을지도 모른다는 느낌이 들었다.

"그렇다면 어째서 진인과 대사만 그곳에 계셨던 거지요?"

"각자의 사정이 있었지요."

당시 참마단에 참가해 생존해 온 칠인.

하지만 대흥에서 정범이 만난 인물은 단 둘뿐이다.

"나는…… 정말 몰랐다. 마노가 나타난 줄 알았다면 누구보다 먼저 갔을 게야."

혀를 찬 영 노야가 고개를 내저었다.

해왕도에 갇혀 눈과 귀를 닫고 산 세월이 너무 많다.

스스로의 고집이 많은 것을 망쳤을지도 모른다 생각하니 더욱 안타까울 따름이었다.

"나머지 네 분도 살아 계신다는 말이군요."

"예. 모두 건강하게 잘 계십니다."

"내 그자들 모두 작금의 강호에서 한 몫하고 있다고 듣기는 했지. 뭐, 애초부터 그 일이 아니었다면 만났을 이들도 아니지만."

영 노야의 투덜거림을 마지막으로 장 내에는 한동안 정적이 감돌았다.

정범은 눈을 감았다.

긴 이야기를 머릿속에 정리할 시간이 필요한 탓이다.

정적 속에 시간이 흘렀다.

한 시진이 다 흐를 때쯤에야, 눈이 뜬 정범이 굉언 대사를 바라보았다.

"대사께서 제게 할 이야기가 있다고 하셨지요?"

"예. 시주."

"지금까지의 이야기를 그냥 들려주신 것은 아닐 테고, 단도직입적으로 묻겠습니다. 제가 무얼 하면 되겠습니까?"

정범의 눈에서 안광이 쏟아져 나왔다.

그를 목격한 굉언 대사와 영 노야의 입가로는 미소가 번진다.

"혹시 대적(大敵)이라는 말을 아십니까?"

"큰 적의 무리 아닙니까?"

"맞습니다. 또는 하나의 큰 적을 뜻하기도 하지요. 그리고 우리 인생의 반대편에는 그러한 대적이 놓여져 있습니다."

생각을 정리한 정범은, 굉언 대사의 말을 손쉽게 이해했다.

"하면 대사께서는 제가 마노의 대적이라고 말씀하시고 싶으신 건가요?"

"아마도 저는 그렇지 않을까 생각하고 있습니다. 아미타불."

"나 역시 동의한다. 여러모로 이야기를 듣고 생각했고, 결국 네가 얼마 전 만난 흡정마공의 주인도 마노라 하였지. 하늘이 정한 운명이 있다면 너랑 마노는 분명 상극(相剋)에 서 있을 게다."

"운명……."

별것도 아닌, 평생 동안 한 번도 믿어본 적이 없던 그 단어가 정범의 뇌리를 휘감았다.

분명 마노와 그의 사이를 무언가로 설명한다면 그 한 단어로밖에 지칭하지 못할 터다.

또한 대적.

마노와 정범은 분명 한 하늘을 지고 살 수 없는 숙적이다.

하니 대적이라는 말 또한 옳다.

그러나 자신이 있는 것은 또 별개의 이야기였다.

"사실…… 두 분의 이야기를 모두 듣고 나니 조금 자신이 없어졌습니다. 정말 그런 마노를 제가 이길 수 있을까요."

우려 섞인 정범의 말에, 굉언 대사가 고개를 주억였다.

"알 수 없겠지요."

"하지만 난 믿고 있다."

영 노야가 확신을 담아 정범을 바라보며 말했다.

무언가 이유가 있어서는 아니다.

단지 느낌에 불과하다.

별 것 아닐 수도 있지만, 영 노야의 평생에 있어 그 직감이 빗나간 적은 몇 없었다.

"분명 알 수는 없지요. 정 시주. 하나 정녕 본인이 마노의 대적이라고 생각하신다면, 도와주셨으면 할 뿐입니다."

"대사……."

"물론 저 역시 온 힘을 다해 도울 것입니다. 영 노야께서 얼마 전 정 시주와 싸운 마노의 뒤를 쫓았고, 완전히 사라진 줄 알았던 마도의 무리와 마주쳤다고 하였습니다."

"그렇군요."

마노의 이야기가 너무나 충격적이었던 탓일까?

새로운 마도인의 등장은 그리 놀랍지만도 않았다.

아니, 어쩐지 그리 될 운명이었다는 생각마저 들었다. 오히려 놀란 측은 영 노야가 마노를 결국 쫓았다는 사실이다. 물론 결과는 물을 필요도 없었다. 마노를 잡았다면 여태껏 수많은 이야기가 모두 의미가 없을 테니 말이다.

"정 시주, 마노가 두렵습니까?"

"예."

정범은 솔직하게 답했다.

그가 밉다.

또한 세상에 다시없을 재앙이기에 없어져야 한다고도 생각한다.

허나 그와 둘이 맞선다 생각하면 두렵다.

"좋은 마음입니다. 두려움이 없다면 평생 그를 이길 수 없을 게지요. 하나 더 말해서, 인간은 늘 그러한 두려움을 안고 살아갈 수밖에 없습니다."

"양민들의 삶이 각박하니 어쩔 수 없는 도리겠지요."

"그런 뜻이 아닙니다. 정 시주. 한 번 눈을 감아보시겠습니까?"

굉언 대사의 말에 따라, 정범이 두 눈을 감았다.

"어디, 그 상태로 일어나서 걸어봅시다."

말을 따라, 몸을 일으킨 정범의 몸이 흠칫 하고 떨려왔다. 눈을 감고 걷는 일. 일반인에게는 어렵지만 이미 자연의 흐름을 느끼기 시작한 정범에게는 크게 힘든 일도 아니었다.

한데 갑작스럽게 주변으로 흘러야 할 기운의 흐름이 조금도 느껴지지 않았다.

캄캄한 어둠 앞에 홀로 선 느낌.

"자, 어서 걸어보시지요."

좁은 방 안.

발 하나만 잘못 내디뎌도 큰 실수가 될 수 있다.

망설이는 정범에게 굉언 대사의 웃음 섞인 목소리가 들려왔다.

"흔히들 눈앞이 캄캄하다고 하지요. 조금 용기를 내보시겠습니까?"

정범은 조심스럽게 걸음을 떼었다.

첫 걸음은 생각보다 어렵지 않았다.

"조금 더."

굉언의 말에 따라 두 번째 걸음을 내딛었다.

세 번째, 네 번째도 두렵지 않았다.

막 다섯 걸음을 내딛으려는 찰나, 조금 두려움이 일었다.

이 눈앞에는 무엇이 있을까?

눈을 떠볼까 하는 욕심이 마구잡이로 가슴 아래에서 치밀어 오른다.

"계속 눈을 감고 걸으세요."

그런 정범을 굉언이 압박했다.

무슨 사술에라도 홀린 듯, 정범은 그를 따라 또 다시 걸었다. 두렵지만, 온 힘을 다한 걸음걸이였다.

신비한 것은 좁은 방 안임에도 불구하고 한없이 걸을 수 있다는 사실이었다.

'대체 어째서……?'

정범이 의문을 느낄 즈음, 굉언 대사의 목소리가 다시 한 번 들려왔다.

"자, 눈을 뜨시지요."

그 목소리를 따라, 눈을 뜬 정범은 깜짝 놀랐다.

좁은 방을 벗어나, 맨발로 바깥에 선 자신을 깨달은 탓이다.

"제, 제가 언제?"

느끼지도, 알지도 못했다.

정말 아무것도 모르는 사이 방을 벗어나 숲길 사이로 걸어 나온 것이다.

그런 정범을 본 굉언 대사가 너털웃음을 터트렸다.

"허허허…… 제가 장난을 조금 쳤습니다. 어찌, 뭔가 느끼신 것이 있습니까? 정 시주."

"……"

정범은 말이 없었다.

느낀 것이 없을 리가 없다.

두려웠다. 캄캄한 어둠 속에, 아무것도 보지 못한 채 걸어 나가야 한다는 사실은 무섭기 그지없는 경험이었다. 옆에서 굉언 대사의 목소리가 들리지 않았다면, 몇 걸음 떼지 않아 눈을 떴을 확률이 높았다.

"삶이란 게…… 생각보다 정말 무서운 일이군요."

굉언 대사가 빙긋 웃었다.

"우리 인생이 그렇습니다. 반각 이후의 일도 예상하지 못할 정도로 앞이 캄캄하지요. 하니 그보다 어려운 게 어디 있겠습니까. 아미타불."

"하지만 비춰 주는 빛이 있다면, 그래도 힘내서 나갈 수 있습니다."

"정 시주. 다시 말씀드리지만 마노와 혼자 싸우게 하진 않을 겁니다. 저 역시 세상에 그런 재앙을 풀어 놓을 수는 없으니까요."

결국 굉언 대사가 말하고자 하는 바는 분명했다.

두려운 싸움이다.

하지만 희망은 있다.

그리고 눈을 감은 정범에게 그랬듯, 그들에게 있어서도 마노의 대적자라는 운명으로 엮인 정범은 희망일지도 모른다.

'결국 부딪쳐야 할 일.'

정범은 자신이 새삼스레 너무 겁을 먹었다 생각했다.

어차피 모를 일이고, 마노와는 엮이게 되어 있다.

누구의 말마따나 운명이다.

"한번 힘내보겠습니다. 하지만…… 대사께서 많은 도움을 주셔야 할 겁니다."

"물론입니다."

굉언이 웃었다.

이어서 정범의 시선이 팔짱을 낀 채 즐겁게 지켜보고 있는 영 노야에게로 향했다.

"우선 약속부터 지켜야겠지."

먼저 입을 연 것은 영 노야였다.

*   *   *

굉언 대사와 영 노야, 두 사람이 전폭적인 지원을 약속했다.

그 의미는 마노와의 싸움에 단순히 한 손을 거든다는 뜻 정도가 아니다. 자신들이 알고 있는 무공과, 깨달음마저 전수한다. 태을무경을 제외한다면 스승이랄 것이 없던 정범에게 스승이 생긴 셈이다.

"그렇다고 해서 절을 올리고는 하지 마라. 대사께서도 그렇지만 나 역시 너를 제자로 받겠다거나 할 수 없는 몸이니 말이다."

"알겠습니다."

정범도 쓸데없는 고집을 부리지는 않았다.

굉언 대사는 소림에 묶인 몸이며, 영 노야 역시 본래 해왕문의 사람이다. 그런 그들이 정범을 제자로 받아들인다면 많은 문제가 생긴다. 대놓고 말해 정범이 머리를 깎고 소림으로 들어갈 수는 없는 노릇 아닌가?

그러고 보니 또 하나, 잊고 있던 의문이 정범의 머릿속을 스쳐지나갔다.

"한데 영 노야, 이곳이 정말 소림 내부이긴 한 겁니까?"

"뭐? 그게 무슨 말이냐? 여기가 소림이 아니면 어디가 소림이란 거야?"

영 노야는 뭘 당연한 걸 묻느냐는 듯 어이없다는 표정을 지은 채 물었다.

질문을 한 정범이 다 무안해질 정도의 말이었다.

"그게…… 소림이라고 하기에는 사실 소실봉인지도 잘 모르겠고……."

"푸하하. 아아, 그렇지. 그러고 보니 너 진법은 처음인 게냐?"

"진법이라고요?"

정범이 놀라 눈을 동그랗게 떴다.

처음은 아니다.

십도방과의 싸움 때도 분명 진법을 겪었으니 말이다.

하지만 지금 자신이 서 있는 이곳이 진법이라고는 도저히 믿기지가 않았다.

"제갈가의 후예라는 놈이 만든 진법이다."

"공명의 후예! 아직 후손이 남아 있었군요."

"당연한 말이지. 근데 사실, 나도 잘 몰라. 대사께 이야기를 들은 것뿐이니 말이다. 그래, 궁금한 것은 다 풀렸고?"

"아, 예."

정범이 고개를 주억였다.

이 넓고 치렁치렁한 숲이 진법이라니, 다시 생각해도 놀라울 따름이라지만 영 노야가 거짓말을 할 이유는 없었다. 이리 되니 새삼스레 진법의 위력이란 것에 대해 고심할 정도는 되었지만 말이다.

'이런 진법을 마음먹고 위협적으로 쓴다면…….'

어쩌면 한 명의 진법가가 수만 무림인을 상대할 수 있을지도 모를 노릇.

절로 혀가 내둘러졌다.

"말했다시피, 내가 처음 너에게 알려줄 무공은 해공비검이다."

그러는 사이, 영 노야의 설명이 시작되었다.

"사실 해공비검은 내가 만들었지만, 나조차도 대성하지 못한 무공이긴 하다."

"노야께서도요?"

"사정이 있다. 해공비검 자체가 마(魔)를 베기 위해 만들어진 무공인 탓인데…… 너라면 문제없을 게다. 그나저나, 이 해공비검을 완전히 익히기 위해서 네가 꼭 해야 될 일이 있다."

"무슨 일입니까?"

"무림대회에 나가라."

영 노야의 입가로, 진한 미소가 떠올랐다.

〈다음 권에 계속〉